TEXT,OS CRUÉIS DEMAIS PARA SEREM LIDOS RAPIDAMENTE

Editora responsável: Sarah Czapski Simoni
Editora assistente: Veronica Armiliato Gonzalez
Assistente editorial: Milena Martins
Texto: Igor Pires da Silva
Capa e diagramação: Gabriela Barreira
Ilustrações: Anália Moraes / Casa Dobra

Texto fixado conforme as regras do Acordo Ortográfico da Língua Portuguesa (Decreto Legislativo nº 54, de 1995).

CIP-BRASIL. CATALOGAÇÃO NA PUBLICAÇÃO
SINDICATO NACIONAL DOS EDITORES DE LIVROS, RJ

S58t
Silva, Igor Pires da
    Textos cruéis demais para serem lidos rapidamente / Igor Pires da Silva ; ilustração Anália Moraes ; Gabriela Barreira. - 1. ed. - São Paulo : Globo Alt, 2017.
    304 p. : il. ; 21 cm.

ISBN 978-85-250-6536-0

1. Poesia infantojuvenil brasileira. I. Moraes, Anália. II. Barreira, Gabriela. III. Título.

17-45682   CDD: 028.5
                                        CDU: 087.5

1ª edição, 2017 - 22ª reimpressão, 2020

Direitos de edição em língua portuguesa para o Brasil adquiridos por Editora Globo S. A.
Rua Marquês de Pombal, 25 – 20.230-240 – Rio de Janeiro – RJ
www.globolivros.com.br

este livro é pra todos aqueles que não têm medo ou vergonha de presenciarem o sentimento tomando conta de cada centímetro da pele, das tripas, coração. àqueles que se jogam com a cara e a coragem, mas também com o peito miúdo e os olhos cerrados, quase que chorando. porque às vezes a entrega dói e é impossível voltar atrás. dos escombros mais honestos de mim a vocês: obrigado por se permitirem o toque de tal modo que não se sabe onde começa e onde termina a transformação. escrever, afinal, é isto: abrir um espaço dentro de si mesmo pra que o outro deite a cabeça cansada. aqui, eu me abro pra que vocês possam descansar. descansem, então.

à minha família, por ter me ensinado como transformar a dor em metáfora sobre seguir.

às meninas que iniciaram o projeto da TCD junto comigo: Giovanna Freire, Jessica Ferreira, Júlia Rabêlo e Yasmin Vieira — nada disso seria possível sem vocês.

pra quando você
se esquecer de mim

*a gente precisa enfrentar
a dor de dar errado
muito antes da tentativa.*

Yasmin Vieira

um

eu não vou me desculpar por sentir tudo à flor da pele,
quando relações pedem conexão e não o contrário.

que se desculpe você, que passou por mim e não se
lembra o gosto do meu nome.

dois

não quero pedir perdão pelo que sou ou pelo que
carrego.

se é muito duro ou profundo.
se é demasiado ou oceânico.
se é extremo ou infinito.

é que eu nasci de olho aberto.

e precisava estar atento
a qualquer mínima coisa que pudesse me tirar de órbita.

talvez eu não tivesse entendido que já estava fora dela.

três

o que me dói e me faz chorar neste espaço público de
mim mesmo é perceber que fiquei livre da minha mãe
assim que cortaram meu cordão umbilical

17

que em todas as relações românticas
que eu entro
eu saio ferido

que tudo que toco quebra,
desmancha
ou vai embora.

quatro

vou te levar comigo numa bagagem que ninguém rouba.
que aeroporto nenhum extravia.
que mundo nenhum me toma:

minha lembrança mais humana e completa
de você

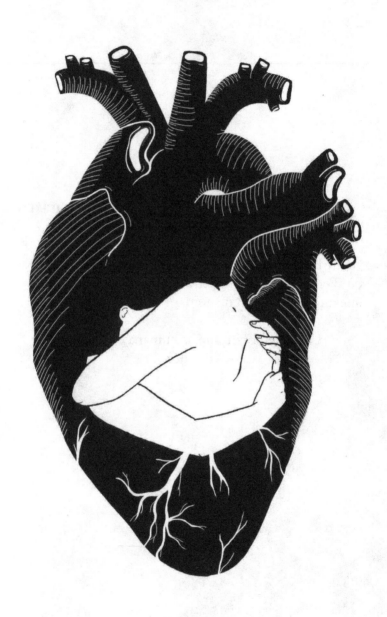

cinco

poderiam nos transportar pra um território em conflito
no mesmo instante dos seus braços tocando minha costela
e abraçando a minha desesperança que mesmo assim eu
continuaria estagnado na sua clavícula
na parte sua que ninguém mais tem.

21

seis

*como se você tivesse estudado matemática e soubesse
calcular meticulosamente o perímetro do meu peito,
amoroso por sua existência.*

23

sete

quero saber se meu gosto ainda resiste
em viver na sua língua
enquanto você tenta
me esquecer beijando outros.

25

oito

a dor surgia de assimilar que você era igual aos outros
caras que encontrei por aí.

27

de que você poderia ser diferente de todos eles
mas que, mesmo assim,
preferiu ser igual.

nove

então, num lapso de resignação,
aquieto o peito e cedo à minha própria dormência.

tem sol lá fora. tem gente correndo. há vida.

mas aqui dentro, dentro de mim, uma calmaria e um
desconforto de tentar qualquer passo.

o que senti hoje, depois de almoçar às três da tarde
enquanto ouvia uma música qualquer no celular, foi
algo próximo a paralisar por completo;

a me entender como incapaz de me movimentar.

era como se eu soubesse, por antecipação, o que me
aguardava: a vida queimaria de maneira tão bruta
que esforço algum seria possível. viver é uma ferida
incurável.

dez

uns pensamentos aleatórios como quando me senti
amado e foi bom.

31

quando percebi que era meu próprio amor que era bom
quando o seu amor
tentou ser bom.

mas eu já tinha experimentado do meu próprio e todos
os outros amores pareceram e pareceriam
e parecem pouco.

quase nada.

não porque eu não aceite ou não queira recebê-lo.
é só que nenhum amor conseguiu, até hoje, me olhar
com calma, serenidade, paciência, afeto.

porque afeto é coisa quase que sagrada,
longe de qualquer mínima sensação que eu tive

ao esbarrar no seu amor.
que continua sendo amor,
não menos que isso.

mas que não preenche, não faz vazar pelo corpo.
não me dá garantia de seguir no mundo.

mesmo se o meu,
o meu próprio amor,
um dia me faltasse.

onze

eu só consigo pensar que um pedaço de mim ainda está
contigo.

35

não sei onde,
com quem,
em quais bocas.

como tenho entrado em outros corpos através de você,
visto outros filmes, bebido outros sons, provado do
ácido que é existir.

não sei o que você tem feito comigo aí dentro.

eu pergunto:
    o que você tem feito comigo aí dentro da sua
    cabeça
    pele
    presença?

pra onde vou quando você fecha os olhos e pede a deus
que me retire da sua vida?

quem te alivia?
quem te cura de mim?

como você me enxerga quando passa pelos mesmos
locais onde costumávamos existir, sobretudo juntos?

juntos sim,
carregando um ao outro como se estivéssemos criando
um momento perpétuo.

não sei do seu paladar, como você tem feito pra me
apartar de todos os seus novos momentos com outra
pessoa.

eu ainda me debato na membrana da sua memória
enquanto você faz amor com alguém? eu ainda grito
desesperadamente dentro da sua aorta enquanto você
caminha de mãos dadas por espaços em que me jurou
eternidade e todos esses discursos de quem esteve,
invioladamente, apaixonado?

a pessoa a qual você se entrega tem sentido seu gosto
ou o meu gosto misturado ao seu? meu filme favorito
tem se tornado seu filme favorito com ela?

que gosto tem o sabor de mim existindo em todas as
    lembranças
    contratempo
    coração?

quando você corre e o tempo vai corroendo nós dois,
qual braço te alcança? em quem você se enrola pra
tentar fugir de mim, que resisto pela cidade e por tudo
que toquei com minhas mãos energizadas pelo afeto
que construímos?

> pra qual deus você reza,
> pedindo pra me esquecer?

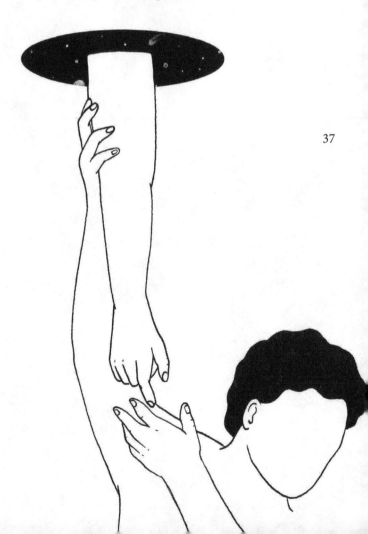

37

doze

não consigo ser essa pessoa razoável que esquece o
nome do outro já no dia seguinte,
ou mesmo nem pergunta qual gosto tem viver se
entregando às mais variadas formas de amor.

não posso ser essa pessoa que esquece a cicatriz, o gosto
do beijo, a fala ácida e os centímetros da mão quando
ela circula no rosto uma vontade de permanecer.

não quero ser como você.

que veio na minha casa,
me viu nu,
transformou meus medos em paráfrases sobre resistir.

e mesmo assim — tendo compartilhado o peso da
intimidade — foi capaz de esquecer ou tornar a
experiência uma ode à lembrança mais honesta
sobre nós.

treze

tá me doendo agora não saber o que virá depois. você me
penetrou, alma e corpo. amanhã não sei qual será o teor 41
das nossas conversas. medo de você atravessar a rua e me
negar afeto. você me disse pra não esperar nada, eu fechei
o coração e engoli a seco toda a minha certeza sobre nós.
facilmente desconstruí qualquer prece pra que o universo
fosse generoso e nos fizesse juntos. o que vem após uma
noite em que todas as possibilidades de relação foram
instauradas? não sei. a cabeça pesa, cansada de tentar
adivinhar os jogos por trás de duas pessoas tentando se
salvar de tantos traumas presos na garganta. me tratar
como amigo? esfriar o diálogo, a conversa, a intuição?
colocar a conexão à margem do desejo e se atirar em
outros, esquecendo do que fomos? você vai virar a esquina
sem se lembrar do gosto que eu tinha quando estava com
você. tá me doendo agora não saber como pausar todas as
inseguranças que, como animais selvagens, correm atrás
de mim. desde o dia em que você me habitou não sei se
fui salvo ou arruinado.

catorze

pronto, outra pessoa foi embora. desta vez não me sinto triste ou empalidecido. não sinto nada. quis escrever imediatamente depois da fuga, depois da última mensagem visualizada e não respondida. quis gritar também. escrever um cartaz e pendurar na sacada do prédio. quis grunhir de dor. quis pular, bater o pé e deixar que toda a culpa fosse dissipada. mas não o fiz. agora não tem nada. evaporou. como pode uma pessoa sair da sua vida do nada? do nada. numa quinta-feira vocês conversam sobre cinema peruano e na sexta-feira nada. a semana inteira planos, qual melhor lugar para ver o pôr do sol, quanto está o quilo do pão aí no seu bairro, o sexo de domingo foi muito bom, né? e na sexta-feira nada. em menos de 24 horas as coisas se tornam cruas, pesadas e superficiais. a intimidade dá espaço a um vazio e você se sente culpado, o que eu deixei de fazer? meu deus do céu, eu não posso ser tão desinteressante assim, onde foi que errei. de repente nada. e de repente tudo. desta vez não sei. foi tudo tão rápido.

ainda dói. a quem estou tentando enganar? é claro que dói, porra. dói muito. mas amanhã quem sabe isso passe. vou torcer pra que sim.

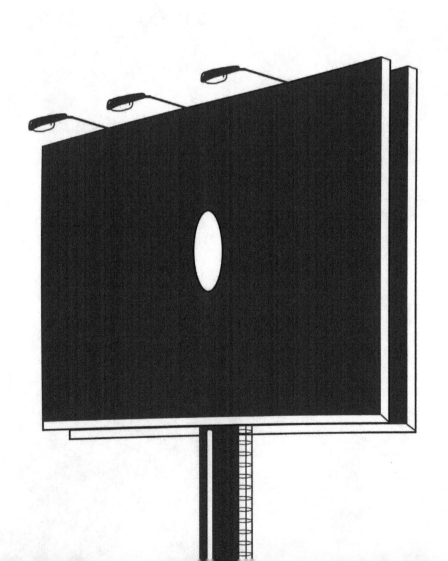

quinze

colocar seu nome no letreiro mais perto de casa.
anunciar a rejeição.

47

dizer que você não me quis
mesmo eu podendo preencher todos os vazios da sua
cidade.

estender bandeira.
homenagear o seu desprezo.
erguer um altar ao seu ego inflado.

enrijecer a garganta.

orar pra que deus nunca mais me permita sentir algo
similar à paixão,
porque ela dissolve e resseca,
apaga e induz à queda.

e eu nunca fui bom em propagandas e outdoors.

dezesseis

não precisava que você dissesse que gostaria de ficar.

mas queria saber da sua boca
se eu era o suficiente

pra fazer

seu peito deitar no meu
sem querer ir embora.

49

dezessete

o que dói não é a saudade de me sentir acolhido no seu desejo de estar comigo.

é a ausência contínua de não saber se você volta.

dezoito

enquanto o ácido da sua partida ainda preenche minha
memória,

pergunto a deus se você se atreve a pensar que eu fui o
mais próximo que chegou de ser

total
honesto e
completamente amado por alguém.

dezenove

não quero que fique porque é conveniente
porque a cama está arrumada todos os dias
e tem a luz do sol mais linda que você já viu

55

não porque meu corpo é grande
e o caminho entre meu peito e o púbis é o mais
confortável por onde sua língua já passou

não porque fico de quatro, cinco e seis pra que você
entre em mim da maneira mais fácil e prazerosa
possível

não quero que fique porque meu prazer foi a melhor
coisa que você recebeu
tanto que poderia facilmente confundir com afeto

eu quero que você fique porque,
embora eu seja bom em todos esses movimentos,
eu sou ainda melhor em amar.

vinte

o espaço entre nós
é similar à vez que quebrei o braço e fiquei imaginando
que nunca mais seria a mesma pessoa

57

o braço continuaria ali, porém não intacto

quando descobri que você poderia ir embora
eu soube, pela segunda vez:
se voltasse

meus braços não segurariam novamente nossa queda.

vinte e um

que o amor era pra mim como abraçar um deus que
nunca vi. numa quarta-feira fria do rio de janeiro,
quando o sol decidiu descansar dos nossos rostos tristes
e indefinidos

algo tão distante que eu poderia caminhar daqui onde
estou
até a praia
que quando chegasse a ela
teria chegado a lugar nenhum

tão simples no entanto tão árdua
a caminhada entre o aqui
e o lá
entre colocar o pé num colo divino
ou permitir-lhe fincar na terra

entre o dia em que te avistei
e o dia em que me esqueci do teu nome.

vinte e dois

reconstruir a própria pele depois de você ter despejado
o gozo
a indiferença
a fuga
tem sido a tarefa mais difícil e honesta a se fazer

61

a gente nunca sabe quando alguém vai entregar a
paz e o perdão
ou
se tudo não passará de uma lembrança falha de
quando se acorda no dia seguinte e não resta nada

gratidão por ter me feito como os outros
por ter me tratado com tamanha superficialidade que
meu nariz poderia sangrar um Mar Vermelho inteiro
por ter me colocado no raso da sua existência
pois voltei à minha própria visão de mim mesmo
e notei que estou a salvo de você.

vinte e três

me sentir sujo depois de
ter sido só mais um penetrado por você
foi como ser um oceano
e receber visitantes inesperados que nunca quiseram
propriamente mergulhar.

63

vinte e quatro

você ter entrado em mim
conhecido cada milímetro da minha intimidade
revisitado meu prazer mais obscuro
e a honestidade mais nua e exorcizada.

você ter me virado do avesso.

colocado minha alma pra dançar a trilha sonora do
amor em plenitude e forma: as pernas pro alto,
alguém tão frágil por estar entregue
ali.

e você ter no outro dia
ido embora.

com meu cheiro ainda na sua cueca.
na molécula que você abriga sua nudez.
na parte que não muita gente tocou.

com minha saliva pedindo pra você ficar.

não vai não.
eu implorava.

você ter me visto pequeno,
sem melindres.

verdadeiro ao me doar
e ter querido meu corpo
suor e fraqueza.

e ter não só lambido as cicatrizes
como carregado meu trauma na clavícula
no centro da coluna vertebral.

66

no segundo imediato em que de nós dois
brotaram fogos de artifício.

e mesmo assim ter me esquecido
com o que eu não entreguei a qualquer um.

você que escolheu ser qualquer um.

vinte e cinco

dias ensolarados entram pela janela de mim
pra me lembrar que não preciso mais da sua luz.

a memória é uma pele

Acontecemos e era bom. Espero que lembre disso. De cá, te desejo o bem, e que seja gigante. Estou sendo.

Júlia Rabêlo

*o meu amor por mim
me salvou.*

*obrigada por me mostrar
isso — da maneira mais
honesta e desagradável
possível.*

as paredes roxas de casa secaram

toda vez que eu penso em você uma dor escorre pela
ladeira do meu rosto.

juro por todos os deuses existentes ou inventados que
não houve uma dor maior na minha vida do que me
desconectar daquilo que construímos.

a explosão suscitou em mim desejos por desaparecer da
rua, pintar as paredes da casa de azul pra roxo, trocar os
pneus do carro, carecer de chorar escondida no canto
da sala com um cigarro nas mãos pra ter a sensação
próxima de segurar algo maleável — por tanto tempo
eu fui o objeto segurado nos seus punhos cerrados e
desastrosos.

queria te mandar um e-mail. mas aí eu lembro que
sou boa demais e que preciso ser um pouco má
ou aborrecida comigo mesma. que preciso estar
honestamente afetada por aquilo que você foi na minha

vida e por todas as vezes que você deitou em mim uma espécie de culpa inteligível.

confesso que queria ligar, ouvir sua voz rouca e macia, muito parecida com a de outros mil caras por aí, mas que, se ouvida com calma e apreço, torna-se palatável. contar coisas como por exemplo das bocas que toquei depois de você, dos corpos que me quiseram com tanta força que o rio Jordão saltaria da bíblia sagrada, das pessoas que me quiseram tão próxima a elas e às quais resisti.

dei a mim mesma mais espaço pra dormir na cama, volto pra casa antes da meia-noite, troquei meus verbos favoritos, tenho três tatuagens novas, adotei mais duas gatas, fui morar no Sri Lanka, me reconciliei com jesus cristo, aprendi a cozinhar.

contar. coisas. tantas.

é dessa parte que mais sinto falta em você. ou no mundo. nós fomos criados pra tocar uns aos outros e quando terminamos, tudo, eu quis pular em suas costas e pedir perdão pelo que havia causado.

somos ruínas que habitam o mesmo território alagado. estamos abrigados no mesmo prédio da desilusão, tentando descer as escadas rapidamente pra não sermos queimados por tudo aquilo que produzimos e que começa a explodir.

sim.

eu e você estávamos correndo, desesperados, pela ideia
de encontrar alguém que pudesse suprir — meu deus
do céu — tantas coisas, de que nem precisávamos, ou
precisamos.

éramos duas casas
construídas no mesmo metro quadrado
com propostas diferentes.
você, oco. eu, evasão.

mas acabou.

e o problema das coisas que terminam é a vontade de
dizer sobre aquilo que ainda fere na passagem do tempo
quando, separados, só nos resta a agonia de não saber
o que acontece em tempo real, o que se tem comido,   73
como se tem passado, se há pranto.

quando as coisas terminam, a luz da cozinha é apagada
porque não há jantar, as gatas não miam por tristeza
ou insolência, o mundo é menos mundo porque deixa
doer. a dor cicatriza e anestesia a pele e temos vontades
absurdas de reatar, de colocar a mão no destino e
segurá-lo entre nós e a pessoa amada.

por muitos dias, quis arrancar a decoração das ruas
da cidade e tudo que pudesse, num lapso ou falha da
minha autorresistência, lembrar você ou os meses em
que olhamos juntos pro mesmo caminho e queríamos
ficar.

por vezes, desvio das rotas que fazíamos, desperdiço

tempo enchendo a mente com coisas rasas pra apagar qualquer resquício seu, enterro movimentos e ações que me lembrariam você.

os ovos nem tão fritos no café da manhã.
a carne passada demais no almoço.

os dramas franceses e amadores que não entrariam em catálogos como os da netflix.
seu cheiro de borracha com mel.

mas ainda lembro de pequenas coisas
e tudo que isso faz é doer.

coloco meus dedos sobre o teclado do computador, ainda afetada pela ideia de você, rezo pra deus ou algo próximo a isso, escrevo:

> "esta será, de uma vez por todas, a última coisa pensada, escrita e direcionada a você. é quase meia-noite, não preparei meu jantar, as gatas não miaram, as paredes continuam com cheiro de tinta roxa, você não veio. e você não vir não é o maior dos problemas, mas a ideia acostumada de que, por você ter vindo todos os dias durante um ano, você viria hoje também. erramos por nos acostumar ao conforto da estadia e, mais do que um amor romântico e naturalizado, nutro por nós uma espécie de apego. é isso. estou escrevendo desta última vez pra me aliviar da afetação que você causou; porque houve mágoa e perdões que não foram aceitos, reiterados, ouvidos. porque as velas

74

que você comprou pro natal não serão usadas em
ocasião alguma. porque os tapetes e a luminária
do quarto serão depositados num saco preto
displicente. porque o entregarei à minha vizinha.
você me fez entregar nós a pessoas que não
sabiam da sacralidade do amor.

depois do fim, passei a me agarrar a qualquer
resquício daquilo que poderia me distrair da
memória conflituosa que criei — salas de cinema
lotadas, faxinas concomitantes ao seu cheiro indo
embora dos cômodos, exílio do mundo.

mas, embora todo o processo de reconstrução
tenha sido doloroso e muitas vezes atormentador,   75
escrever estas palavras mastigadas me reconforta
debaixo disso que chamam de trauma. pois o
trauma seria bem maior se eu tivesse virado as
costas e sentado na calçada pra chorar. eu chorei,
sim, você e nós, sobretudo em pé, como tinha de
ser. em pé, soterrada pela agonia da despedida,
mas soerguida pela promessa do meu amor a mim
mesma.

o meu amor por mim me salvou.
obrigada por me mostrar isso — da maneira mais
honesta e desagradável possível."

envio o e-mail.
desabo aos prantos.
as gatas miam.

finalmente passo a gostar das paredes roxas do
apartamento.

deixa eu te contar daquela
vez em que eu pensei que
a gravidade da Terra fosse
despencar porque você me
olhou nua e despreparada

naquele dia eu poderia ser
sugada por uma espaçonave
da NASA *e permaneceria*
intacta e ilesa pela
ideia de você

like crazy

eu te conto dos dragões que vêm me visitar tarde da
noite, eu te conto do terremoto de 8.9 na escala Richter
que destruiu a avenida mais movimentada do meu
peito, eu te falo da minha entrega fatídica e cotidiana
em continuar porque, apesar da dor e da luta, preciso
resistir. preciso resistir. preciso resistir.

estamos todos lamentavelmente separados pelas agonias
do universo.

você fumou um cigarro e se preocupou porque seus
projetos não viraram no mês passado e eu só me sinto
perdida e desamparada nas curvas da cidade.

a que nível de autodestruição nós estamos fadados?

você esconde as fitas cassete do Tom Jobim e eu
chego em casa depois das dez da noite pra ter que me
espremer ainda mais diante das suas verdades.

79

em que momento das nossas vidas o apartamento ficou
tão pequeno pra ambos?

eu só tenho 26 anos.
eu quero sair daqui,
me deixa sair daqui.

eu me atraso pros jantares em que você está.
eu corto caminho pra chegar primeiro em casa
e dormir.

eu durmo até quando queria me esparramar em você.

eu queria te contar daquela primeira vez que você
entrou em mim e parecia uma superestrela entrando em
órbita na ilha de Jacarta. te contar da sensação quente
entrando pelas minhas veias e emergindo orquestras
sinfônicas rente à minha derme.

deixa eu te contar daquela vez em que eu pensei que
a gravidade da Terra fosse despencar porque você me
olhou nua e despreparada. naquele dia eu poderia ser
sugada por uma espaçonave da NASA e permaneceria
intacta e ilesa pela ideia de você.

deixa eu te dizer baixinho antes que meus sussurros não
te surtam mais efeito. dizer que na primeira vez em que
o toque foi um fio condutor de eletricidade eu quase
morri afoita pelo tamanho que você aparentava ter.

eu suava uma hidrelétrica de Itaipu toda vez
que você se erguia pra mim

antes que eu deixe de correr pra chegar tarde em casa
antes que eu deixe de correr pra chegar cedo demais e
não precisar esbarrar em você.

é que eu te amo tanto, ainda.

quando é que você volta? o relógio parou de funcionar
e é alto demais pra eu tentar me suicidar em tentativas
furtivas de consertos que não dão certo em
minhas mãos.

sou uma retórica porque sou o
próprio relógio inconsertável.

deixa eu te dizer que amei tudo que você trouxe
nos braços ciganos de quem havia por muito tempo se   81
debatido pra chegar àquele momento inteiro
e você estava inteiro.

deixa eu te dizer que você foi o melhor dos presentes
descartáveis de um possível deus feliz com sua criação
porque ele decidiu que nos esbarrássemos pra
provarmos, os dois, do sabor desgastante da vida

"like crazy",
você disse.

"é um dos meus filmes que não dão certo favoritos",
repliquei. *trépida, trêmula, tenaz.* você sempre gostou de
adjetivos que começam com a letra T.

eu era um erre no meio do Rio.

"Rio de Janeiro?", foi sua segunda fala depois da
explosão que nós fomos quando o toque eclodiu — era
sábado, mês de junho, 2014.

"não, não. São Paulo mesmo". respondi.
você aquiesceu.
compreendi.

e estou escrevendo essas coisas embaralhadas porque
você logo chega em casa e eu te amo mesmo precisando
me certificar de que:

as begônias continuam nos vasos
as gatas, em premonições paulistanas,
descansam em paz
82   aquilo que tivemos não existe mais
você não vem.

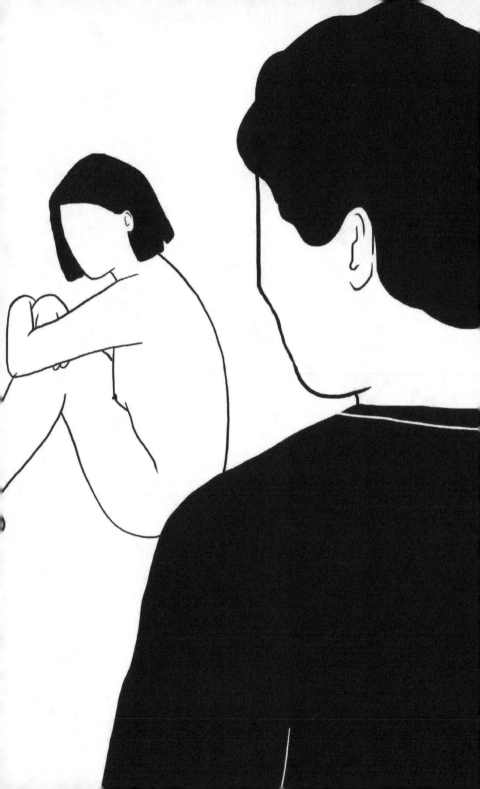

prometo não falar mais de
você quando vir meus amigos
comentando sobre os
ex-namorados.

prometo colocar a mão na
boca todas as vezes que
pensar em amaldiçoá-lo.

terei respeito pelo que destruí.

texto indeterminado I

o ano vai acabar e mais um ciclo será encerrado
e com ele você.

com ele, você.
eu com você.

aquilo que eu fui com você.
nós, mistificados pelo conceito de amor.

o ano vai acabar e eu vou massacrar minha memória
mais profunda de você e colocá-la num latão de lixo
muito próximo à fossa que tem aqui perto de casa. você
nunca gostou do meu bairro.

o ano vai acabar e eu vou estender minha memória mais
amorosa sobre aquilo que você foi e, com um tanto de
trabalho, vou soltá-la no céu mais poluído e cinzento de
São Paulo. e ela vai se perder entre chaminés de fábricas
que fazem biscoitos natalinos e fumaça de carros que

levam famílias conturbadas pela ideia de separação.
o ano vai acabar e você vai ficar estagnado com ele
naquilo que existiu no passado, como o movimento dos
pintores renascentistas que, embora tenham suas obras
eternizadas, não voltam mais.

e meus amigos vão perguntar de você em rodas
descontraídas, em falas descuidadas — porque,
sabidos do que você foi, deveriam silenciar — e eu vou
responder que não sei, nunca toquei.

eu vou deixar minha memória mais sutil de você presa
numa rebelião dos que têm fome. e eles vão degustar
todas as vezes que você me ofereceu amor em troca de
prisão. eles vão lamber todos os pratos que você me
doou em troca de momentos conturbados e suspensos
sobre a estética do abandono.

86

prometo não falar mais de você quando vir meus
amigos comentando sobre os ex-namorados. prometo
colocar a mão na boca todas as vezes que pensar em
amaldiçoá-lo.

terei respeito pelo que destruí.
tudo que destruímos deveria ser colocado num altar
imaculado pra que não voltemos a ele.

você é meu altar sagrado.

porque eu não gritei quando
vim ao mundo. porque você
não gritou quando falei do
fim. porque a vida não espera
ninguém. você sempre esteve
apressado.

estação consolação do metrô

se pudesse, escolheria o caminho mais fácil. não
teria gritado no útero da minha mãe. teria requerido
voltar àquele lugar que era quente e manso. teria
me entregado menos às situações mais banais que
são a vida remoendo nos cantos. teria preferido não
encontrar com você na saída do metrô. teria optado
por me fazer de desentendido quando te vi correndo
em direção a mim. fingir um desmaio. andar em
meio à multidão que faz fila pra passar na catraca.
teria evitado o toque da minha mão na sua coxa. teria
evitado passear pelas ruas do centro da cidade (elas me
doem tanto agora). teria evitado te olhar no buraco dos
olhos permanentemente. teria me espreguiçado apenas
sobre mim mesmo, quando na verdade me esparramei
pela sua pele vulcânica e cheia de feridas. você estava
machucado, eu também. a vida é dos que se encontram
sem grandes pretensões. eu nunca escolhi os caminhos
mais fáceis. e de repente você. se eu soubesse, como
numa premonição, de toda a dor, eu teria evitado.

a intimidade que lhe concedi porque achava que devia. teria evitado esbarrar com você pelas ruas que não foram nossas mas que agora presenciam a frieza que há entre mim e você. as ruas, os postes, os fios com seus geradores de energia, o concreto refeito muitas e muitas vezes, as lojas de conveniência, todos presenciam nosso encontro cheio de indiferença. eu teria evitado chorar na sua frente, mostrando humanidade. eu teria evitado desnudar minha alma alarmada pela ideia da permanência. mas eu nunca fui das sensações e presságios; ainda assim, segui em frente.

eu poderia ter evitado sentir cada arrepio na ponta da espinha quando você dizia que precisava ir. eu poderia ter ido. evitado as guerras pelos espaços concedidos, pelo que estava na goela e saía abruptamente: eu teria evitado me ferir se tivesse expulsado você de dentro de mim. as grandes revoluções sempre existiram pra colocar em pauta a necessidade de se rebelar contra aquilo que era sistemático, rígido. eu teria voltado atrás e não teria sido uma delas. eu teria evitado ser afetado pela rebelião que você você foi pra mim. mas eu nunca evitei que a vida me atingisse feito um soco. que o amor me segurasse pelos braços e me obrigasse a aprender e eu aprendi tanto. por ter tentado demais, falado demais e ter me espremido dentro de uma caixa pequena e escura. a vida me exigiu maturidade pra seguir em frente mesmo sem saber ou entender por quê. eu teria evitado a dor de ver você indo embora antes mesmo de mim. porque quando eu fui, você só se conformou ao ato abaixando a cabeça e, passivamente, me entregando o aval de que tudo havia acabado. porque não previ o

90

fim e mesmo assim insistia na dor cotidiana de estar ao seu lado, tentando inutilmente receber uma espécie de amor. porque eu não gritei quando vim ao mundo. porque você não gritou quando falei do fim. porque a vida não espera ninguém.

você sempre esteve apressado.

estou me lavando de você.
as minhas células, espertas
que são, já fazem o trabalho
e, em reunião com meu
organismo, tecem uma
estratégia de expulsão.

entre melancias e livros

vou lavar a minha pele com doses de esquecimento.

você vai escorrer como um óleo pelo meu corpo e no banho seguinte já nem estará aqui.

a gente demora meses, até anos, pra esquecer o perfume de quem se amou muito. eu me esqueci do seu depois de 176 dias. você ainda se lembra do meu?

não importa, só queria dizer que esqueci. mas que eu também te vi passar por mim no centro da cidade. me escondi na primeira quitanda que avistei e você passou, indiferente. a vida é engraçada porque meses antes éramos o casal mais apaixonado de São Paulo.

hoje, se me visse sendo atropelado por um carro a 200 quilômetros por hora me deixaria lá, agonizando. o momento exato em que nos tornamos estranhos eu não ouso lembrar. sequer palpito que tenhamos nos

transformado em estranhos ainda juntos.
será que já não nos estranhávamos de muito antes?

eu sei que amei você porque você me oferecia conforto
e estabilidade. a sua mão era uma grande depressão
geográfica que aninhava meu tremor de terra por
qualquer mínima coisinha que me feria neste mundo.

mas agora, agora somos dois países em conflito de
interesses que por muito tempo se beijaram e até
trocaram carícias.

você me olhava dentro dos olhos enquanto estava em
mim, eu sussurrava feito um animal que está prestes a
ser abatido. o amor nos torna frágeis. você poderia ter
me cortado do rabo à cabeça e ainda assim eu te daria
minha mais afetiva intimidade. era o meu peito, meu
medo, minha insegurança. era a sua insegurança, o seu
medo, o seu peito. porque não prevíamos o fim.

ou se prevíamos, era algo tido em mente como
canonizado e santo.

finais são contemplativos. vou te observar indo embora
da minha vida sentado no terraço do prédio mais
alto da cidade. vou te observar tropeçando em outras
pessoas, livre e feliz por estar andando e correndo.

um sistema livre pode ser a falha de deus
mais bonita de ser vista.

você vai a festas, encontra outros corpos a fim da

mesma coisa que você, se desintegra em outras vidas.
você é um sistema à procura de um pouco de liberdade
porque tudo ou quase tudo é prisão: anúncios de
publicidade, um pouco de álcool aos finais de semana,
terapia toda quinta-feira. tudo é uma droga e o nosso
amor era uma.

estou me lavando de você.
as minhas células, espertas que são, já fazem o trabalho
e, em reunião com meu organismo, tecem uma
estratégia de expulsão.

na semana passada cortei o dedo numa farpa, mas não
chorei porque isso me tornaria reminiscente daquela
vez que você me feriu e eu permaneci na proa do barco.
hoje eu tenho como escolher agachar no escuro pra   97
chorar a dor do dedo ou permanecer intacto, incólume
pela ideia de você.

tomo banho pensando que, se minha memória se
esqueceu da sua facilmente, outras coisas também serão
esquecidas, talvez por osmose.

o mini topete no seu rosto mais ou menos redondo.
a maneira trêmula com a qual demonstrava o prazer.
a estranheza do meu amor te causando arrepio.

as coisas perecem e eu me escondi entre abacaxis e
tomates pra que você não me reconhecesse. eu não
podia me dar ao luxo de querer sentir o teu cheiro no
presente — como iria seguir a vida me lembrando da
maneira como você respira no mundo?

preferiria me agarrar ao escuro que é não saber.

não saber de você me salvou várias vezes do choque anafilático: eu corri pra aquele lugar, onde você não supunha que eu estaria, e o mundo seguiu.

os carros continuaram passando abruptamente pela avenida. o dia continuou irritantemente quente e devastador.

a quitanda continuou vendendo frutas e verduras aos moradores do bairro.

você só é você dentro dessa constelação irônica a que chamamos de vida: o banho acabou e
tudo escoou pelo ralo.

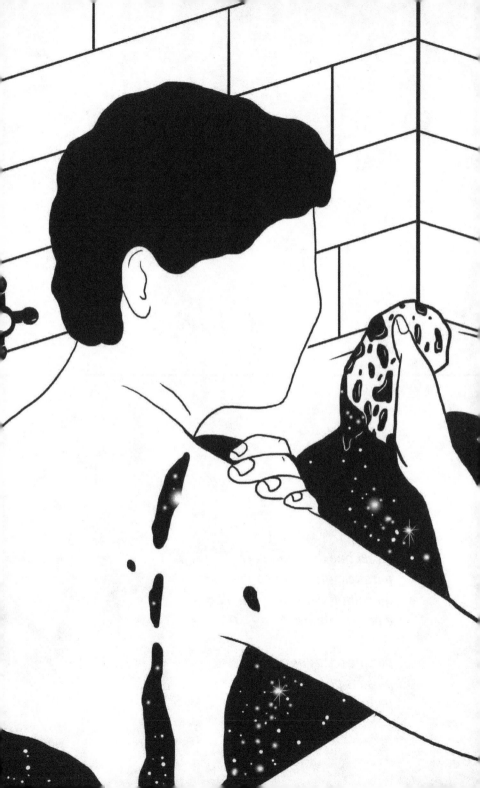

eu sei que doeu em você
porque eu fui a única pessoa
que olhou dentro do seu olho
e pediu calma.

porque todas as outras
pessoas passaram por você e
pediram pressa.

São Paulo 15 °C

está frio aqui em São Paulo.

do outro lado da cidade,
você está pensando em mim.
eu sei que sim.

já se passaram meses desde a última vez que nos
trombamos enquanto caminhávamos pelas ruas da
cidade. você parecia infeliz, eu também.

tem dado certo pra você?
a vontade de viajar pra Colômbia
aquele relacionamento de, agora, meses (?)
o emprego dos sonhos

o que você tem comido? às vezes fico pensando se você
ainda come enlatado porque não sabe cozinhar. tem uns
vídeos no facebook que ensinam a fazer comidas mais
práticas; já tentou?

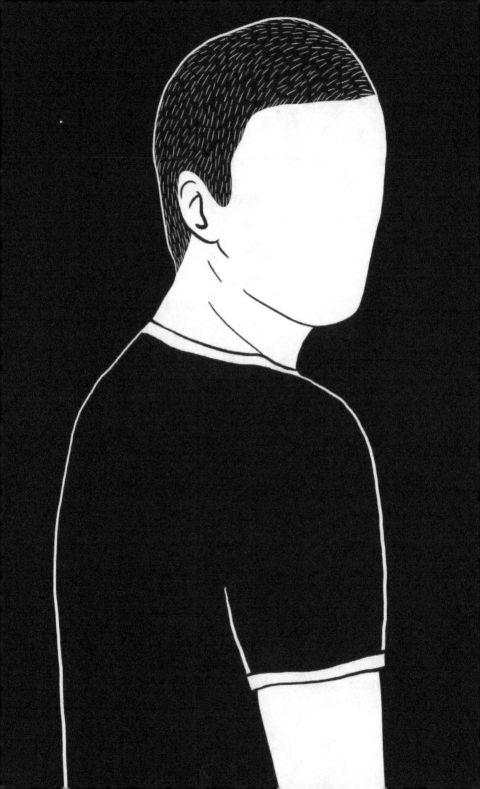

ainda leio aquele livro que você me deu no dia do meu
aniversário, no nosso segundo mês de relacionamento.
confesso que já senti muita raiva dele porque
representava pra mim uma espécie de memória ruim,
mas hoje é só uma lembrança de quando você era bom.

deste lado da cidade, tenho pensado muito em você.
conheci o cara com quem você esteve depois de nós.
moço bacana, orientando, sabia pouco de mim e da
gente não contei muito. o que poderia dizer, afinal?

foram quatro semanas na reabilitação depois do
término.

tive medo de ir pra faculdade.   103
São Paulo escureceu minhas vistas.

sabe como eu sei que pra você foi igualmente difícil?

porque a memória é uma pele. membrana mesmo,
dessas que vão acabando com nossa sanidade, fazendo a
gente rever e desconstruir conceitos.

eu sei que doeu em você porque eu fui a única pessoa
que olhou dentro do seu olho e pediu calma. porque
todas as outras pessoas passaram por você e pediram
pressa.

porque quando faz frio, você não tem minha
preocupação e singeleza ao questionar se seu corpo está
bem agasalhado ou não.

mas a vida segue, os prédios da cidade continuam a
ser construídos, o maquinário erguendo projeções
para alocar mais trabalhadores, o mundo desabando
desilusões amorosas em pessoas mais frágeis, como eu.

*você pensa em mim pois meu organismo entrou no seu e
o clima ajuda na acareação.*

imagino você caminhando pelas ruas com a cabeça
baixa, peito protegido, olhar indiferente.

é assim?

sai às vezes no final de semana com os amigos, vai uma
vez por mês a alguma balada distrair a mente, omite dos
pais que tem um novo alguém.

tá frio, São Paulo adoece as pessoas, quero muito que
saiba que não te desejo mal nem faço julgamentos
profundos sobre o que você me fez. a vida guarda pra
gente aquilo que, com carinho, guardamos pra ela.

te guardei por muito tempo em momentos preciosos,
mas você sabe... há coisas que caem no asfalto e a gente
não recupera nunca.

talvez o outono do ano passado. o outro outono, do
retrasado. nós dois, confessadamente entregues.

a memória que doía tudo e hoje só conforta.
você, do outro lado da cidade. eu, deste.
e tudo mais.

mas se meu âmago é sujo
e dependente, por qual dos
meus discursos você criará
certa empatia?

menos Clarice, mais Eu e Você

um dia nos encontraremos com o coração menos
duro e as certezas menos solidificadas. algum dia nos   107
encontraremos com os olhos mais calmos e o perdão
pedindo pra voltar. mas talvez eu não te perdoe, de mim
não sei muito.

quando lia Clarice Lispector na minha adolescência e
imaginava o quão longe e aturdida ela estava pela ideia
do amor, nunca imaginei que em algum momento
poderia supor chegar a um estado parecido ou
equânimo. acontece que, depois de você, caminho pelas
ruas da cidade com todo o medo de alguém saltar meus
ombros e me demandar amor.

tenho medo de me pedirem reciprocidade e todas essas
coisas que não fazem sentido quando o amor não é
uma ciência exata, mas sim permissões e concessões: eu
decido compartilhar com você meu corpo, minha pele,
minha memória angustiada, os centímetros da minha

fala, a maneira com a qual meus pés se desenrolam,
meu medo de aranha e multidão.

você decide me oferecer melancia no café da manhã, me
levar aos parques da cidade, às livrarias mais charmosas
do centro, às festas mais legais do bairro, àquela parte
tua que ninguém nunca foi.

e talvez o mistério das obras Clariceanas esteja no fato
de que Clarice sempre foi no âmago das discussões,
pessoas e palavras. se eu ousar fazer o mesmo,
enlouqueço ou me torno mais lúcido?

108

um dia nos encontraremos e minha lucidez estará à
frente da minha vontade de te perdoar. quem sabe daqui
a uns anos você adquira corpo, memória, intuição?
quem sabe daqui a uns anos eu adquira estômago,
racionalidade e um pouco de maciez?

queria te perdoar e eliminar todas as toxinas de mim.
mas se meu âmago é sujo e dependente, por qual dos
meus discursos você criará certa empatia?

quero te encontrar daqui a uns anos com meu âmago
experienciado pelo sabor da vida. explico: até nos
reencontrarmos, quem sabe no Arpoardor num calor
de 30 °C, quem sabe na fria e paulistana rua Augusta,
quero ter adquirido maturidade e humanidade
suficientes pra poder te conceder um abraço, um sorriso
sincero e uma conversa tão esclarecedora que nem deus
suporia que poderíamos ter.

quero te ver homem grande, como sei que é. quero que
me veja também homem grande, como sei que sou.
quero que entendamos sobre o tempo e suas peripécias
e sobre o quanto tentar é importante.

no jogo do amor não há derrotas — há, na verdade,
dois ou três âmagos que decidiram não viver separados,
distantes do seio do universo...

um dia nos encontraremos e você me confessará que na
sua memória ainda existe espaço pra nós dois, que na
escrivaninha do seu quarto ainda restam os livros com
os quais te presenteei, que minhas falas perduraram
na sua cabeça e te guiaram por um caminho menos
trabalhoso em se tratando de relacionamentos.

109

vai me falar sobre entregas, que é difícil se doar pra
alguém pois o medo da dor por vezes é maior, que eu
fui bom pra você e vice-versa. vou te confessar que a
vida é um sopro que quando se vê, já foi embora. que
devemos aproveitar todos os espaços concedidos, entre
um trabalho e outro, relacionamento e outro, conexão e
outra. contar que amadureci ao ponto de não ficar mais
intrigado com a maneira umbrosa com que terminamos
e com os destinos nos afastando de forma tão brutal.

talvez âmago seja mesmo essa coisa disforme que fica
em nós depois que outra pessoa decide pisar fundo até
faltar o ar. faltou pra mim, muitas vezes.

daqui a uns anos, te encontrar sereno e realizado. me
encontrar sereno e realizado. com o coração menos

amargurado e a vida mansa.
um dia nos encontraremos menos Clarice, mais Eu e
Você: completamente entendíveis e compreensíveis um
pro outro, como nunca fomos.

há um pouco de você em
tudo que toco, mas tudo que
toco é incerto e turvo.
seria você a parte amarga
que se levanta comigo ao
amanhecer?

confessamente imperdoado

você me puxa pelo braço,
me pede perdão.

mas são seis horas da tarde na cidade que nunca dorme
como posso te perdoar se, antes disso, preciso me
certificar de que não vou morrer na pressa cotidiana e
asfixiante de São Paulo?

tem outras demandas na frente do perdão.
preciso me certificar de que me alimentarei cinco vezes
por dia. preciso acoçar meu olhar pra mim mesmo e
ver se no final do dia estou saudável, vivo, esperançoso,
num lugar confortável.

não tenho tempo pro seu perdão agora.
nem pros seus e-mails me pedindo desculpas pela
traição, pelo beijo dado numa hora errada, pela maneira
brusca com a qual você se despediu de mim.
seu perdão agora não é o primordial.

preciso me alimentar da paz que eu mesma crio e mentalizo. preciso me entregar a outras pessoas que passaram por mim e não me deixaram morrer. preciso recorrer aos deuses pra que me socorram destes momentos imprecisos que nascem entre um movimento e outro.

seu perdão pra mim não é o primordial.

sigo atenta, resistindo a todas as memórias que você me deu:

> nas avenidas da cidade
> nos cafés
> nas livrarias

há um pouco de você em tudo que toco, mas tudo que toco é incerto e turvo. seria você a parte amarga que se levanta comigo ao amanhecer?

sinto que se eu conceder meu mais precioso perdão a você agora, todo o resto não me fará sentido.

necessito de escrever, com o peito cheio de feridas e cicatrizes, de você abrindo um buraco na minha pele. de você corroendo minha sanidade feito fel. de você abocanhando minha bondade com sua inércia e vontade de prender.

eu era um pássaro bonito e voante
até você chegar.

se eu te conceder meu perdão, temo não conseguir
exorcizar minhas fúrias e agonias.

se eu te perdoar totalmente,
serei egoísta por nunca mais
me debruçar sobre você
sua pele
seu rosto metamórfico
suas mãos me escrevendo que sente minha falta

sinto que se eu honestamente te perdoar
você sairá de mim pra sempre
porque o único elo que nos mantém presos
um ao outro
no meio da cidade
você do outro lado
eu daqui

115

é a memória afetiva de quando o amor era quente
e hoje já não é.

por isso mesmo, não te perdoo.
quem sabe amanhã.

intimidade era poder sentir o
mundo de maneira segura só
porque você existia.

era me certificar de que seus
poros estavam à espera dos
meus em casamentos fictícios
de sonhos que, sabíamos,
nunca se realizariam.

the night we met

intimidade era aquilo que existia quando você caía na
minha frente e eu me ajoelhava pra te olhar nos olhos
e depois de uns segundos rir e rir e rir até não nos
aguentarmos mais.

117

era o amor sendo tranquilo em sua plenitude, forma,
vontade de crescer. era o amor expandindo as paredes
do quarto, reclamando mais espaço pra viver, ser
visto, amadurecer. era aquilo que existia quando você
punha uma música e eu silenciava, ruborizando aquele
momento que era nosso, religiosamente nosso.

e você dirigia a cento e vinte quilômetros por hora pra
eu ter a sensação de paz.

eu me sentia o charlie de as vantagens de ser invisível.

mas eu me sentia bem maior pois seu amor estava
comigo. eu sentia que sim.

intimidade era aquilo que nos habitava quando você
tirava minha blusa, depois a calça, por fim a cueca.

você deitava seu corpo frígido sobre o meu e me
permitia sentir cada batida do seu peito.

havia dias cujo barulho era similar ao de uma escola de
samba. noutros, silenciava silenciava silenciava.
nesses dias, mais pesados, eu sabia que entre mim e
você poderia existir um *fim*.

intimidade era poder me desintegrar a pele enquanto as
janelas do mundo se fechavam pra nós dois, enquanto
estávamos suando um rio Jordão.

era o amor nos gaseificando   119
e nos tratando feito átomos.

intimidade era poder sentir o mundo de maneira
segura só porque você existia. era me certificar de que
seus poros estavam à espera dos meus em casamentos
fictícios de sonhos que, sabíamos, nunca se realizariam.

intimidade era poder tirar da sua fome o meu sustento.
era poder te oferecer a minha carne mais pecaminosa e
suja que mesmo assim você voltaria pra casa e sorriria
ao me ver.

intimidade era poder correr contigo nas minhas costas
enquanto andávamos pela avenida Paulista
e você sabia, eu sei que sim, que eu escreveria sobre aquilo.

você me dizia pra eu te soltar que cairíamos e todo
mundo poderia rir da nossa queda mas você sabia que
se caíssemos, teríamos o que contar pros nossos filhos.

intimidade era eu sentir a densidade do seu prazer sobre
mim depois de uma noite de amor.
sexo não, amor.

aquele magma corporal pra mim era amor,
ou o ápice de um desejo enclausurado.

intimidade era saber de você, amianto
como quem sabe todas as orações pra todos
os deuses possíveis.

120   me era dada a benevolência de te saber.
você me dava esse direito enquanto
eu te dava esse direito.

eu sabia quando seu estômago estava desconfortável
pelo hálito da sua boca. eu sentia o estresse dos seus
dias através das falas árduas. eu sabia da sua tristeza
quando já era hora de partir.

eu soube a hora que você quis partir.

intimidade era reconhecer que em meio a nós dois
ruindo feito um prédio de oitenta e seis andares poderia
existir, para além do amor, o afeto.

*(e você olhava no fundo dos meus olhos, enquanto a queda
ainda era engraçada e não dolorosa, e ria ria ria...)*

*de repente, a linha entre
intimidade e estranheza se
alarga e você o perde de vista
nesse caminho chamado viver*

my heart's been far from you

entre o milésimo de segundo que tomei a decisão mais
importante da minha vida de 21 anos e o milésimo
em que estávamos, ambos, separados pra sempre no
universo.

depois de escolher cursar publicidade e propaganda,
terminar contigo foi a decisão mais inesperada que tive.

entre o milésimo que culminou no término e o
milésimo em que já éramos dois desconhecidos.

- deleta-se do facebook pra não saber mais
- deleta-se os amigos do facebook pra não
saber mais
- deleta-se fotos, mensagens, pedidos,
formalidades: já não éramos um. éramos dois,
repartidos pelo término.

entre o milésimo em que surgiu entre minhas sinapses

que era a gota d'água estar contigo e o milésimo de
segundo que não estava dando mais porque você já
estava desconfortável.
e eu desconfortável,
e tudo desconfortável.

entre os segundos que se passaram entre a nossa última
conversa olho no olho e os próximos, quando eu já
sabia que não poderia te ligar tarde da noite pra contar
que minha vida estava uma merda e queria largar a
faculdade,
estado,
país.

eu sabia que a partir daquele momento não poderia
mais te ligar para pedir "vem aqui me buscar em casa",
"vem aqui me carregar no colo e me levar pra um lugar
distante".

só vem aqui.

existe uma linha crucial que separa o íntimo do
ordinário. existe uma linha crucial que separa o
momento em que existe o sexo e o momento em que
não existe mais nada.

eu sabia que aquela quinta-feira era um ponto sobre a
linha que havíamos construído: a partir dali, você não
poderia chorar pra mim todas as vezes que se sentisse
incapaz e impotente.

eu não poderia dançar com você enquanto o céu nos
encobria e nos entregava estrelas.

o limiar entre a intimidade e a estranheza era o que
mais me doía. até hoje não entendo o mundo e essas
duas paralelas que se cruzam.

de repente, você já não sabe o tom da voz, o cheiro do
pescoço, o paladar pra comidas peruanas.

de repente, ele já está entregue a outro corpo que não
o seu. fazendo um sexo diferente daquele que vocês
faziam.

de repente, a linha entre intimidade e estranheza se
alarga e você o perde de vista nesse caminho chamado
viver.

125

e você já não sabe mais nada sobre ele.
será que algum dia soube?

o milésimo de segundo em que eu soube,
veementemente,
já não ser seu.

o milésimo de segundo em que eu descobri,
agonicamente, que você não era meu.

o milésimo de segundo em que descobri que, a partir
daquela linha
limiar
e tênue noite,

não teria mais nada.
não teria eu acariciando sua pele.
você me engolindo com o olhar.
nós dois nos encontrando no olho do furacão.
a vida compartilhada.

eu soube, entre um milésimo e outro, que havia
acabado.

de quando você pareceu uma
criança, não um homem.
porque nunca vi um homem
chorar tanto na minha frente.
porque igualmente chorei.

arte à marte

de quando eu era um museu na sua mente ou algo
próximo a uma biblioteca. quando eu era um deus.
quando tudo que existia tanto pra você quanto pra
mim éramos nós. quando eu acordava e sabia que você
existia e quando você acordava e se dava conta de que
eu existia e podíamos existir ambos, juntos. a ideia de
existir milhares de pessoas ao meu redor e eu escolher
você e vice-versa. a ideia de escolher olhar nos seus
olhos, pintar metáforas na sua pele, cheirar as juntas
do seu corpo, tatuar minhas memórias nas suas costas,
respirar o mesmo ar comprimido que você enquanto
fazíamos amor. porque existiam outros, muitos, e
tantos.

de quando você era pra mim algo como uma escultura
renascentista ou um livro muito raro de um sebo
no bairro da Liberdade. de quando você colocou na
minha boca o gosto de ser amado e eu engoli a seco,
sem água, pra tentar digerir o peso e a leveza de ter a

pele coberta por alguém que eu escolhi, por alguém que meu coração, similarmente, escolheu. abraçou no meio da multidão. de alguém que eu segurei nos braços enquanto a cidade toda corria apressada pra se sustentar com seus prédios imensos, sua bolsa de valores e seu último-suspiro: era eu e você tentando fazer dar certo qualquer resquício do que tínhamos.

de quando eu segurei seu braço mais forte do que o usual e você chorou porque aquela situação entrava na sua pele como uma faca que vai rasgando o figo até ele dissolver. me doía muitas coisas também. seus olhos reabrindo as feridas do fim, eu tentando respirar com mais calma e afinco, a vida caindo sobre meus ombros e me pedindo estabilidade. de quando você pareceu uma criança, não um homem. porque nunca vi um homem chorar tanto na minha frente. porque igualmente chorei. de quando você correu pra tão longe de mim que deus perdeu o sinal de nossas vidas, as batidas da aorta, o centro do que havíamos construído.

a ideia de existirem milhares de pessoas e ainda assim você ser a primeira etapa do meu processo matinal: ele respira. eu, sendo a pessoa primeira no seu processo matinal. tudo ao redor parecia menor porque nosso amor parecia grande demais, alto como o maior pico da pequena aventura de uma montanha-russa. eu sabia, em determinado momento, que a volta seria impiedosa e dolorida.

suas lágrimas me pedindo pra pararmos ali. sua
boca dizendo o contrário, mesmo eu enxergando a
contradição. está acabando, está acabando, tudo me
dizia. os postes, os letreiros pela cidade, as ruas vazias,
eu e você nos despindo da memória, do pensamento e
da vontade de estar.

a ideia de ir perdendo alguém que você escolheu entre
milhares. o fato que se transforma numa camiseta
jogada no chão numa tarde muito quente dentro de
um apartamento onde o sol queima queima queima e
continua lá. você fecha a porta ao perceber a bagunça
do quarto: não quer estar ali. e o não querer dá lugar
a muita coisa que não será dita nesse processo de
ir abandonando o primeiro pensamento, a ideia de
escolher um entre tantos outros, o desejo de ficar
comigo e só comigo quando todo o mundo pede outras
coisas, sentimentos, sensações.

e você dá.

de quando eu era um caminho
não uma barreira.

131

porque você deitou em mim
não só um corpo, como
também um peso,
um fardo.

lampejos de um fim triste

eu te coloquei no espaço entre mim e a porta do quarto.
entre mim e a porta que dava pro mundo. entre mim e
tudo aquilo que me retia a luz, o brilho e a vontade de
seguir, comprar pão, fazer amor.

você estava nos espaços, nos lugares públicos,
nos lugares privados, nos tribunais espalhados pela
cidade, nos andares dos elevadores de todos os prédios
comerciais, na sala de estar da casa da minha mãe, no
meu peito oco, amargo e transeunte.

você estava no mercado, no açougue
e nas repartições públicas.

você estava no metrô da linha amarela
e no trem da linha azul que ainda é chamado de metrô
por todo mundo e você também estava nas escadarias
do mercado municipal no teatro nas óperas e nas
livrarias.

você estava impregnado em mim.

sobretudo em mim
e em tudo que eu tocava,
via ou sentia.

você estava entre minha memória e a maneira como eu
respirava. e estava similarmente nos carnavais, blocos
de rua e bares da Augusta.

eu conseguia te enxergar nas latas de cerveja, no beijo
que eu entregava a outras pessoas, na maneira ácida e
crua com a qual eu me espalhava por outros corpos
tentando te esquecer.

134   tentando te esquecer eu estava.

e você estava em mim, comigo,
nadando no sangue das minhas veias.

biologia. evolução.

você estava na evolução de mim mesmo tentando
encontrar uma casa, um caminho, qualquer coisa que
me dispensasse de pensar tanto em você.

mas você permanecia no alto dos prédios.
nas faculdades particulares com seus alunos ricos e
nas faculdades públicas também com seus alunos ricos.
e você estava nas lojas de conveniência, entre o palpitar
do trânsito e os paralelepípedos que estão entregues aos
pedestres.

às vezes carro. às vezes insolação.

você estava nas minhas conversas mais banais com
os amigos mais distantes que eu nunca pensaria ter e
estava na maneira singela com a qual eu abordava o fato
de você ter entrado e saído da minha vida.

porque você sempre saía e eu te
procurava procurava procurava.

mas você havia escapado e ido embora de mim como
aquelas chuvas de outono que começam e terminam no
mesmo instante.

precipício. erosão.

você estava em tudo,
em tudo.

135

na música que chegava aos meus ouvidos tarde
da noite. no cheiro da blusa que esqueceu em
casa quando nos despedimos e dissemos palavras
gentis um ao outro. na calçada da rua vizinha à
minha. onde seus pés pisaram pela última vez.
nas ruas adjacentes, por onde seu carro me trazia
da faculdade e me escondia do mundo. nos
restaurantes fast-foods com suas comidas que
dormirão semanas em nossos estômagos. nas
bactérias e vírus que entraram em mim através de
você, sua língua e suas feridas.

porque você deitou em mim não só um corpo.
como também um peso,
um fardo.

as discussões no trabalho. o estresse. o desânimo.

a ausência das coisas te doendo...

você deitou em mim sequelas do que éramos pelos
quatro cinco e seis cantos dessa cidade.

no rosto de cada cara parecido com você que vejo por aí
nas pontes, nos rios, nos córregos, nas nascentes limpas
dos córregos, nos museus e dentro dos museus e nas
obras de arte que estão neles e na intuição e vontade de
cada artista em criar sua arte.
nelas você também está.

e nos outdoors e nos letreiros,
e nos ladrilhos da zona oeste,
e na lonjura da zona sul,
nos morros do meu bairro.

e espalhado em todo lugar que meu corpo quis habitar
nesse espaço entre mim e a vida.

mim e a vida.
mim e a vida.

seguir, por vezes, é abrir mão
do que você carregou por
muito tempo.
a crença na memória não é
uma dádiva pra todos.
estica um pouco mais a pele
porque outras pessoas virão.

sem-nome

não sou eu quem precisa conceder a você um aval de
que está tudo bem entre nós e que agora podemos
139
seguir. quem entrega esse aval, se é que ele existe, é
o universo no tempo determinado. pode acontecer
enquanto você corre no parque e se dá conta de que não
dói mais, pode acontecer daqui a vinte anos, quando
seu olhar ainda estará cansado por tanto martírio
acumulado. o aval, o perdão e todas as outras palavras
que usamos pra dissimular uma espécie de vitória
acontecem naturalmente sem que precisem anunciar.
acontecem internamente quando, no calor da rotina
esmagando nossa vontade de viver, existe um espaço
pra que o pensamento liberte todas as pontas que vez
ou outra ainda insistem em aparecer pra deflagrar uma
culpa. então, numa quinta-feira em que sua cabeça
insistiu em doer mais do que nos outros dias, você vai
tentar me recuperar dentro do seu âmago pra ver se
encontra algo de que possa se lembrar e eu terei sumido.
não a minha imagem, em si; mas tudo que ela carrega:

meu perfume perdeu o cheiro,
as roupas perderam forma e
volume, mudei de cidade.

este texto é pra te alertar que a
gente segue independente de.

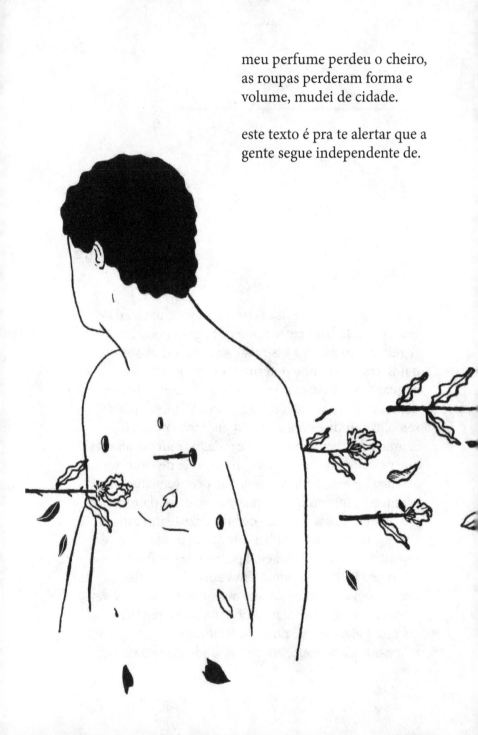

às vezes não porque queremos, mas porque precisamos.
apreciar outras vistas, reescrever na pele outro nome,
agora bom, agora gentil, agora melhor; compreender a si
mesmo em um processo gradual de autoconhecimento
e luz. você também vai tatuar outros amores nas costas.
vai aprender que chá é melhor do que café. vai viajar
pro interno de uma palavra que, comigo, desconhecia:
honestidade. e vai se alimentar dela até entender que me
esquecer esmurrando toda e

qualquer memória ruim de nós dois é apenas reiterar
que eu ainda sou uma escola de samba na sua mente
enquanto você busca, inutilmente, por permissões e
avais de que deve seguir. seguir, por vezes, é abrir mão
do que você carregou por muito tempo.

141

a crença na memória não é uma dádiva pra todos.

estica um pouco mais a pele porque outras pessoas virão.

quando toquei no seu braço
e todo o mundo pareceu
insignificante. você era um
sol chegando pra desanuviar
o céu carregado do Rio
de Janeiro. meu coração
quase parou, mas seguimos
por caminhos diferentes.
quem sabe um dia eles se
encontrem.

ufrj

provavelmente você enxergou nos meus olhos a vontade
de te arrastar pra um canto no meio daquela multidão
de gente que bebia e dançava.

eu estava fascinado por você: toquei nos seus braços
algumas vezes, deitei meu pescoço nos seus ombros,
agradeci ao universo por ainda permitir que meu corpo
reagisse com luz a pessoas como você. eu brilhava
tentando entender, meio bêbado, que você estava ali,
que era real.

alguns quilômetros de distância foram facilmente
dissipados. os textos que escrevi pra você agora poderão
ser escancaradamente ditos, olho no olho. a promessa
de qualquer coisa entre a gente pode (e será que vai?)
ser real.

eu só queria te contar que tive medo de encarar a
realidade de que gostei de você no mesmo instante

em que te vi. não sei como funciona pras outras pessoas, mas imediatamente quando vi você abrindo o sorriso em minha direção eu tive microterremotos, espasmos e adrenalinas. eu perdi a minha cabeça num ato de tentar assimilar sua presença ali, ao meu lado.

era noite, mais uma dessas festas juninas, os alunos com suas cervejas celebravam o final de semestre, o fim de um ciclo, as férias. e eu ali, entre meu desejo de tocar sua pele e a sua vontade de tentar qualquer coisa também.

no mesmo dia em que te vi pela primeira vez, voltei pra casa rezando pra deus e pedindo que todos aqueles sintomas e sinestesias tivessem sido fruto da minha imaginação fértil. eu rezava enquanto olhava a orla da praia e pedia "deus por favor não por favor não" pois era (e ainda é) aterrorizante começar a gostar de alguém.

144

porque você começa a captar o gesto, o movimento e o tempo entre uma mensagem e outra. é perturbador olhar a tela do celular, tentar compreender tantos espaços e silêncios, tentar traduzi-los.

na mesma noite, me perguntei se aqueles sentimentos eram reais a mim mesmo e estabeleci diálogos. fui dormir mal comigo porque aquilo, ou isso, não poderia acontecer. eu não deveria ter permitido que você entrasse em mim como um feixe de luz. não assim.

na manhã seguinte em que te vi e nos dias seguintes, como hoje, ainda me pergunto como fui permitir o encanto. quando se apaixonar por alguém sempre me pareceu difícil e eu sempre fui resistente. mas com você... sei lá.

talvez seja o clima da cidade, o sol, a luz. talvez seja você mesmo. seus olhos grandes e seu sorriso de quem acabou de ver o cristo redentor.

quando toquei no seu braço e todo o mundo pareceu insignificante. você era um sol chegando pra desanuviar o céu carregado do Rio de Janeiro.

meu coração quase parou, mas seguimos por caminhos diferentes. *quem sabe um dia eles se encontrem.*

foi o mar. ele entrou e viveu
em mim. na ferida. no espaço
deslocado de nós dois.

quando o mar entrou em mim

quando você chegar aqui, vai ver o mar. e você sempre
odiou o mar. quando você vier pra cá, vai ver que o   147
céu costuma beijar os prédios quase como uma mãe
beija os filhos ao final da tarde. você nunca gostou
muito de afeto. seus braços longe dos meus enquanto
caminhávamos pela cidade dizia muito sobre nós. era
uma propaganda de quem iria embora primeiro. por
sorte, fui eu. mas você havia ido há muito tempo. estou
voltando pra te dizer que ainda existe um tanto de
palavras presas na garganta. quis gritar quando a onda
acendeu meu pé. ela reluzia uma espécie de esperança.
eu me senti lavada, de alma e de corpo. de você, do
seu toque, de tudo que você jogou sobre mim e ficou.
algumas coisas impregnaram na minha pele, você ainda
franze a testa em teor de desaprovação? o mar daqui
engole a gente, leva tudo. memória, rancor, carinho, até
a membrana que costumamos costurar na própria pele
pra não morrer sozinha e sufocada. precisei colocar
você em alguns caminhos a fim de não me perder; é

tão desolador o terror de assimilar-se desencontrada.
mas existe o mar. e também o que há nele: infinitude,
grandeza. me sinto abraçada, ainda que vazia pelo que
existiu antes desse encontro. você olhando no fundo dos
meus olhos e eu compreendendo o final daquele ciclo.
eu, serena, tentando não me desmanchar enquanto o
mundo explodia a agonia de não conseguir ser melhor.
guardei minha essência pra derramar aqui, nesta parte
da praia que faz sol e é bonito admirar. quando você
vier aqui, um dia, vai se deparar com todos os meus
pedaços estendidos pela orla. pedaços de remissão,
quem sabe perdão. terei olhado a mim mesma com
conforto e carinho. terei me permitido esmaecer e
esmaecer tudo aquilo que construímos à beira do
precipício que é se relacionar. nunca sabemos quando

148 é entrega ou queda. quando é salvação ou segurança.
você soube, em algum momento? eu não. só me recolhia
a deus e perguntava se aquela sensação de ser amada
era real. hoje percebo que a realidade está naquilo
que toco, desmancho, consigo preencher. e o mar me
preenche, me chama pra dançar, estica-se sobre mim e
a ferida que suas mãos contorceram nos meus braços.
percebo o quente da cidade me apertando e convidando
pra sair. as montanhas se erguendo contra a poesia e
descansando na minha história uma prece: obrigada,
agradeço. porque quando você vier, se algum dia esta
cidade quiser te receber, eu estarei curada. foi o mar. ele
entrou e viveu em mim. na ferida. no espaço deslocado
de nós dois.

com minha fome de mundo,
qual amor preenche a
lacuna de viver se jogando
em tudo que me requer
êxtase, empatia e, sobretudo,
coragem?

resignação

daqui pra frente, não sei o que vem. *sigo agarrada à
minha própria luz pra tentar escapar da escuridão.*   151

às vezes amar não é suficiente e não importa.
com minha fome de mundo, qual amor preenche a
lacuna de viver se jogando em tudo que
me requer êxtase, empatia e, sobretudo, coragem?

se alguém ousasse colocar a mão no *big bang*
que carrego em dias infernais banhados a 40 °C.
se alguém conseguisse segurar todo o desespero
que existe na minha fala enquanto tento existir e
soerguer meu corpo em discussões afiadas sobre
política e relacionamentos.

se alguém percebesse que, no breu dos dias,
continuo desamparada e pequena, tentando não
chorar por qualquer dor de gente que entra e sai
de mim. daqui pra frente, não sei o que vem.

talvez a vida queimando ainda mais nos meus ombros.
os dias acordando apressados sobre a rotina mais
desgastante que eu possa ter.

outra pessoa indo embora da minha visão; virando a
esquina do abandono.

sigo agarrada, no entanto, a mim. que antes de todo
mundo, esteve predestinada a conhecer a si própria
pra resistir. sou fruto da minha própria solidão
quando, compreendida no vazio que criei e estive,
aprendi a aceitar. e vou aceitando todos espaços a
mim destinados, o resto e o pouco. mas compenso em
momentos particulares em que estendo as mãos aos
céus, olho pro meu interior e estou em festa.   153

deus me visita, às vezes. conversa sorrateiramente
comigo. expõe opiniões. contraponho, exclamo as
minhas. estou aprendendo a expandir.

não sei o que virá.

ser sozinha é um fardo inadiável.

escrever em si pra conter o futuro tentando
arrancar as tripas, coração,
também.

se não tivéssemos repartido
as memórias, cada qual com
um gosto diferente sobre a
mesma ótica, teríamos ido
pra onde?

them

se nós não tivéssemos terminado naquele dia, meu
estômago não teria crescido em tamanho, dor e
magnitude. uma bactéria não teria decidido viver aqui
dentro corroendo todas as memórias possíveis que
circundaram aquilo que fomos durante um tempo-
-espaço.

eu teria continuado em São Paulo, escrevendo projetos
e roteiros publicitários, jornalísticos e quem sabe, às
sextas-feiras, ido à rua Augusta pra beber e destilar a
dor da semana em copos de catuaba e cervejas que,
mesmo achando caras, pagaria sem alarde algum.

teria assumido mais responsabilidades, cuidado melhor
da minha gata, visto meus amigos e pedido perdão.

*perdão por às vezes ser tão sensível que minha pele é
capaz de desmanchar.*

155

perdão por não saber colocar minha emoção em momentos específicos e focá-la em partes boas da vida.

se não tivéssemos seguido por caminhos distintos, eu estaria vivendo com você um romance que coube, por meses, em um carro pequeno. estaríamos contentes por reencenar cenas de filmes franceses a que assistíamos e amávamos; brigaríamos pelos mesmos assuntos corriqueiros como por qual razão aquele cara está olhando pra você; nos entupiríamos de fast-food e traríamos ainda mais problemas pros nossos intestinos, médicos e familiares.

talvez eu tivesse terminado contigo meses depois de abril. quem sabe julho? não duraríamos muito, eu sabia.

mas quem sabe durássemos?

a gente nunca pode tentar compreender o tempo e o que o amor é capaz de fazer dentro dessa caixa. o meu costumava socá-la pra tentar escapar e respirar melhor, não morrer afoito e esbaforido. o seu ficava dentro dela, esperando a hora de correr.

fugimos um do outro. como adolescentes rebeldes e indecisos, expulsos pela ideologia dos próprios pais: covardes, não sabendo debater.

se não tivéssemos repartido as memórias, cada qual com um gosto diferente sobre a mesma ótica, teríamos ido pra onde?

você teria amado mais o meu corpo, sem me demandar
melhoras. eu teria preferido um você mais autêntico,
sem reservas e silêncios. teria pedido que falasse e
se expressasse mais, teria olhado mais honestamente
suas pálpebras, aorta, coração. colocado a mão fria no
seu peito quente. falado que eu poderia ficar, se você
quisesse.

se não tivéssemos nos ferido e magoado, onde
estaríamos nós? estaríamos eu e você? talvez nos
mesmos lugares premeditados. as mesmas culpas em
meio às discussões. as mesmas falas, minha e sua, eu
tentando não sucumbir à ideia de estar errado; você se
sobrepondo a mim em abusos e ausências.

onde eu estaria se tivesse continuado com você?   157
o mesmo parque no centro da cidade. o mesmo
discurso pacifista. a mesma lágrima rolando pelo rosto
após um conflito. eu voltando pra casa, perguntando a
deus por que eu, por quê. você, tácito e silente mediante
ao amor ruindo. mas talvez, e só talvez, houvesse eu
feliz e em paz. você igualmente feliz e em paz. seus
amigos permitindo que eu entrasse no círculo social,
imprimindo em mim qualquer sensação próxima a
pertencimento. você, fazendo parte dos almoços de
domingo lá em casa.

não sei, nunca saberemos. é o que mais dói, se eu ouso
olhar pra trás. acontece com pouca frequência, já estive
mais inclinado a pensar no porquê e a revisitar as cenas
finais do que éramos. porém, o que fica e queima é não
precisar como conseguiríamos seguir com aquilo que

nos devastava e, ao mesmo tempo, nos unia. foi melhor
que seguíssemos destinos contrários, machucados,
no entanto inteiros. quem sabe infelizes, todavia
certos de que não haveria outro fim senão aquele que
construímos todos os dias antes de ceder.

e cedemos. ao fim.
que seu caminho seja tão longo quanto o meu.

*não quero me arrastar
sobre você e perceber que
não consigo mais ir ao
centro da sua pele, àquele
novo caminho que descobri
semana passada abrindo o
zíper da sua calça e que me
fez querer te amar
ainda mais.*

lavanderia

como se o gosto da existência um do outro já tivesse
sido provado o suficiente; como se não houvesse nada
mais pra descobrir ou investigar; como se a presença
já tivesse sido experimentada a ponto de não instigar,
ainda que minimamente, um novo contato, modo ou
vontade de seguir.

161

não quero ser como esses casais que vão à lavanderia
e ficam impregnados em seus celulares, degustando o
que de pior há na rotina: quando não existe mais nada
pra descobrir um no outro, quando a vida esmaece a tal
ponto que nenhuma vivacidade é resgatada. não quero
me arrastar sobre você e perceber que não consigo
mais ir ao centro da sua pele, àquele novo caminho que
descobri semana passada abrindo o zíper da sua calça e
que me fez querer te amar ainda mais.

esses casais que se consomem por não acreditarem no
amor, mas que, mesmo assim, continuam juntos por

etiqueta, convenção ou espiritualidade.

aqueles que continuam a procissão de ir à igreja, aos
jantares de família, às festas de formatura e a todos os
outros lugares como se lessem manuais de sobrevivência
porque assim, e só assim, é que será dada a graça de
permanecer.

quero poder me esticar sobre seu solo fértil e me
infiltrar nos seus medos a fim de entendê-los.

sussurrar pra cada poro de cada pelo que você possui
todas as vezes que me encontro desejoso por nós dois
que nossa colisão aconteceu no supermercado menos
propício desta cidade e que deus recebeu nossos olhares
como orações muito mais que sagradas, porque eram
reais e honestas. porque coube a mim a intenção de
mastigar cada verdade que você exalava e o mundo
pesou uma pena à medida em que você me tocava e
descobria.

162

não quero ser como esses casais que vão morrendo aos
poucos, silenciosos em suas dores particulares. quando
o sono já não é tão bom e as farpas machucam mais do
que facas. quando a luz do quarto alimenta um silêncio
ensurdecedor e deus, como eles, parece não se atentar.
não quero permitir que o vazio enrosque o pescoço na
distância entre mim e você, quando nenhuma literatura
é capaz de salvar o marasmo da relação.

como se não houvesse mais nada a descobrir e o
outro fosse um território ordinário, que afugenta os
estrangeiros. como se a pele não pudesse render longos

caminhos e a boca não chamasse por outros deuses, em
outras horas, de maneiras distintas. como se o outro
perdesse cor e não houvesse vontade de recuperá-la.

quero não, ser como esses casais que se perdem
nos dias e perdem também a vontade de colocar
o pé nas costas, o medo sobre os ombros, as
desilusões sobre as pálpebras, as conversas
aterrorizantes sobre o fim em cima da mesa de
forma clara e serena. quero não, perder você no
meio da apatia suscitada pela falta de conhecer.

porque eu quero conhecer cada milímetro da sua
existência que a mim não foi apresentada.

os cheiros que seu corpo ainda não produziu,
as feridas de outras vidas e relações,
o que machuca e incomoda,
e que não tem perdão.

a fala grunhida de dor por lembrar de um fato doloroso,
a espera da saudade cutucando o estômago.

quero conhecer tudo
pra que no fim, se ele existir
e resolver estar entre nós, eu possa me sentir realizado
de ter abraçado tudo que poderia abraçar e tocado tudo
que me vestiu os olhos com o calor de nós dois.

163

como suturar essa parte
minha que ainda chama teu
nome quando sei que você
já até se esqueceu de como
sussurrar o meu?

poros efervescentes

escrevendo na minha própria pele porque você não
vai ler. seus olhos não alcançam o que é denso e clama   165
imersão.

escrevendo, lento: gostei de você.

do cheiro, do toque, da maneira como você me deixou
de quatro em todos os sentidos.

mas você não vai ler. então isso te torna comum e banal.
mais um.

você me disse que havia sido bom o sexo.
eu não respondi nada pra que não percebesse que pra
mim se tratava de algo próximo à redenção.

escrevendo na minha própria pele pra não chegar até
você e querer descobrir seu gosto, seu real gosto.
quero ficar mentindo, aqui mesmo, na superfície.

você não pode me tocar de maneira mais profunda
e, se o fizer, que não saiba.

não por mim.
você nunca descobrirá a endorfina que sambou no meu
peito assim que você bateu a porta do apartamento.
nem que chorei de raiva, tristeza, agonia, solitude e amor.

amor àquilo que construíra e foi despejado no instante
em que você balbuciou *eu não quero nada sério* e eu
emergi no próprio pensamento uma centena de traumas
até então escondidos e colocados pra debaixo do tapete.

você não saberá, não pela minha boca, que gostei mais
de você do que dos outros caras. que em mim você ardia
mais do que ardiam os piores dias aos quais sobrevivi.
que você encaixou seu corpo no meu, mas o que eu
esperava mesmo era que toda a fala, o verbo e a língua
estivessem na mesma frequência cardíaca e humana.

estou escrevendo na própria pele pra não enlouquecer
e não ir até sua casa pra gritar que você mexeu comigo
como nenhuma outra pessoa seria capaz. que meu peito
foi esmurrado pela sua gentileza de me tornar seu
como um bicho domesticado que não tem mais certeza
de que viverá o mesmo dali pra frente.

eu sei que não serei o mesmo depois de você espirrar
em mim seu nome, o sorriso, os pelos, as pálpebras,
as opiniões sobre música pop,
os desejos de sair do país,
os vídeos e os planos audiovisuais.

166

a gente nunca é o mesmo depois que alguém nos
apresenta uma visão de mundo que desperta a
vontade de querer ser maior e não te perdoo por
implantar isso, que é tão grande e vasto, em mim.

escrevo na minha própria pele
pra não te mandar ir à merda.

pra outra cidade, longe.
pra onde meus olhos não queiram esquadrinhar seus
passos e minha visão não alcance seus
pés, pulmões, precipícios.

pra não te falar que sonhei que você me beijava a boca e
me oferecia aconchego, ternura, amor.

167

amor que nunca tive, de ninguém.

não escrevo pra te cobrar o que não existe pra ser
cobrado: pois você não me deseja igual ou como te
desejo. porque deseja outros enquanto eu só espero por
você. porque vai passar por mim transeunte e eu queria
que você fosse como um cheiro que impregna no canto
do cômodo e fica lá aguardando alguém inesperado pra
fazer morada.

porque me dói não saber como desvencilhar minha
vontade de você

e

da relação morna que, de agora em diante, teremos.

como olhar na sua cara depois de ter te visto nu?
e fingir que não somos nada mais do que bons amigos
que se sentam próximos no banco da faculdade, que vão
aos mesmos protestos unidos e politizados, que vão às
festas em comum e partem rumo a novos caminhos?

como encaro a verdade de que a partir de agora
somos estranhos, de novo, e que após a estranheza do
descontato, precisamos seguir, ambos, costurados no
mesmo universo entretanto distantes, longínquos e,
pior, *alheios à presença um do outro?*

se um dia eu entrei em você e você entrou em mim e
deus nos perdoou pelo desejo ali derramado?

168   como suturar essa parte minha que ainda chama teu
nome quando sei que você já até se esqueceu de como
sussurrar o meu?

escrevo na própria pele senão corro até você
e peço pra você ficar ainda que saiba da partida.

a intimidade é
um país distante.

foreigner/estrangeiro

eu descobri as espinhas nas suas costas,
o seu cheiro de quando você faz amor com alguém
e de repente o desejo vira o primeiro nome.

171

eu coloquei a língua no seu pescoço, experimentei de
você fechando os olhos enquanto eu tentava te colocar
ainda mais pra dentro.

eu soube do seu cabelo que se esparramava pelo
meu corpo e então descobri que você era diferente
do que aparentava.

a intimidade é um país distante.

senti o hálito da sua boca gritando meu nome,
seus lábios esmiuçando reações que até então não
imaginava ser possível.

você chamou por qualquer deus.

eu entendi a metáfora.
uma hora acabaria, como se eu fosse um material
condutor de eletricidade que, inútil, já não tem mais
serventia.

eu conheci as constelações do seu rosto.
o formato do seu nariz apontando algum caminho
que ainda não sei qual, o gosto de quando uma língua
encosta na outra e provoca erupção:

interna.
externa.
edema.

conheci suas mãos colocando pressão sobre meus
ombros, clavícula, erudição, e dedilhei toda a sua fala na
hora em que a intimidade estava entre nós partilhando
um momento em comum:

como na matemática, intersecionamos nossos espaços
vazios pra que tivéssemos um corpo inteiro.

você não percebia, mas eu estava fragmentado por
todos os outros que haviam passado por mim sem
conceber a ideia de que eu era capaz de fazê-los ficar.

no meio de nós tentando atingir o ápice daquilo que
chamam de prazer e eu de convívio. eu percebi: você
não estava na mesma frequência cardíaca que eu.

174

seu coração quase parava enquanto eu descobria novos
caminhos pra chegar ao divino através de você.
descobri suas arestas,
mordisquei suas falhas,
abracei sua pele cor do Rio de Janeiro.

enrolei-me em tudo que você era:
trauma, medo, insegurança e solidão
quis estar ali. quis ficar ali.

descobri territórios distantes quando você sorriu
e quis morrer quando você foi embora. quando se bate
a porta e não se olha pra trás.

eu, forte na própria imaginação, pensava ter descoberto
tudo sobre você, quase que como num movimento de

tentar agarrar cada detalhe que vazasse pela crosta da sua existência.

e não me dei conta de que no meio de tanta aventura e desbravamentos, era você quem saía e entrava em mim. desmontando minhas convicções, fazendo com que eu precisasse e quisesse ainda mais de você, mesmo sem saber como e por qual razão.

175

escrever é o ato, no entanto,
mais corajoso que existe.

dos processos da escrita

escrever é um processo solitário.

olho pra mim mesmo com aspereza e tiro o que de pior
há sobre a maneira como permito escorrer.

nas relações afetivas ou amorosas,
no cotidiano brusco e na queda fatal.

debruçar-se nos fatos, tarde da noite, virou rotina.
já não durmo como antes, não sei se algum dia dormi.

não lembro da paz invadindo meus brônquios.

semana passada outra crise de ansiedade deitou nos
meus ombros. choro copiosamente por pessoas que
nem existem, porque eu as inventei no meu
imaginário social.

escrever, ainda que sobre alguém,
é o processo mais doloroso que existe.
a cabeça pesa e flutua.

às vezes não tem força divina que te resgate
e você ainda acha que é salvação estraçalhar a goela
gritando pra dentro uma solidão que é sua
mas faz os outros tentarem — e só tentarem — te
compreender.

escrever é o ato, no entanto, mais corajoso que
existe. você coloca uma arma contra a própria
cabeça e às vezes dispara. a arma pode ser sua
própria desesperança nas coisas. a fé ruindo feito
qualquer prédio antigo do centro da cidade.
a saudade de alguém que nunca esteve. e mesmo
assim você escreve porque é o que te parece mais
natural e inviolável, afinal, ninguém colocaria
todos os edemas nas folhas
de papel como você.

178

olho pra mim tentando não capturar os centímetros da
sua pele que ficou no sofá.

o fogo da solidão começa a arder as pernas, ombros, por
fim o peito.

contenho-me pra não parecer desesperado ou ansioso.
falho na minha própria fuga de adulterar memórias
pra que eu não consiga senti-las, mas eu ainda sinto os
olhos arderem, a respiração tremular, o oco do mundo
me atravessando a nuca, a solidez.

que escrever é como despir a parte mais honesta
e frágil de si próprio pra que os outros, com a frieza de
dois ursos, comecem a interpretar
o ser humano.

será que sou?
às vezes não tem força divina que me resgate.

179

pra você não se esquecer de sentir

— *Você lavou as mãos antes de sair do banheiro?*

— *Lavei.* — *E em um gesto rápido se virou para o outro lado.*

Tinha mentido. Mas parecia adequado mentir nessas circunstâncias. Ele não tocaria nela, ela não tocaria nele, nenhuma infecção é mais forte do que a ausência de amor.

Jessica Ferreira

não existe culpa se teu amor
é transcendental
e acaba ultrapassando a pele,
o couro, a dicção.

coisas que nós não dissemos no jantar

não existe culpa sobre ombros que tentaram
sobre amores que não deram certo* por causa das
circunstâncias — e são muitas — da vida
sobre pessoas que estão à procura de paz.

183

não existe culpa na partida daquele que você amava
demais, tanto que era capaz de desintegrar feito os átomos
ainda não descobertos dentro do universo da física.

não existe culpa porque culpa é algo pesado e você
é leve, incrível e merece carregar sentimentos bons,
mansos e amenos.

sua alma não foi feita pra nadar perdida nesse mar
sombrio, não.

ela foi feita pra voar e ser livre
visitar países. adentrar territórios.
descobrir e ser descoberta.

não existe culpa se teu amor é transcendental e acaba
ultrapassando a pele, o couro, a dicção. se teu amor
invade tudo e todos sem pedir licença. se teu amor
abraça pessoas sem fé. se teu amor furta sorrisos. se teu
amor rouba espaços milimétricos na cama.
não há culpa se o amor acabar numa terça-feira doentia
do mês de janeiro.

não haverá culpa se, ao sentar-se na mesa pra tomar
café, você perceber que não existe mais a energia que os
circuncidava. você vai respirar fundo, tomar seu café,
fazer as malas, chorar aturdida pela ideia da separação,
limpar o rosto com as costas das mãos, sair apressada
de casa, evaporar.

184   a culpa não recairá sobre seus ombros na quarta-
-feira seguinte.
os cometas não se chocarão com a terra.
tá tudo bem.

não existe culpa sobre aqueles que fogem de seus países.
os que se rebelam contra medidas pequenas de amores
pequenos.

os que se perdem tentando encontrar alguma luz no
final do túnel.

porque você achou uma salvação, mas há pessoas que
ainda vivem carregadas pela ideia de se abrigar em
qualquer espaço e lugar.

mas, afinal, o que é dar certo? isso é você quem diz.

porque o amor existe pra te provar
que seu sistema não falhou.

um pé de cerejeira
no meio do planeta Terra

você merece alguém bom na sua vida.   187
alguém que te tire de órbita.
alguém que te colha manso e necessário como os
chineses fazem com plantações de bambus em lugares
muito exímios do interior.

atentos, eles colocam as mãos na esperança de que a
espera e o cuidado lhes renderão frutos. você merece
uma primavera te tirando pra dançar. uma estação que
te tome pelos braços esguios e te apronte pra dança
matinal e cotidiana dos que querem e precisam tanto ser
feliz. porque você precisa.

há tanto tempo você ficou preso e se estagnou no
passado. você merece cair em braços acolhedores que
não se importariam de procurar pedrinhas preciosas no
lodo do mundo.

porque você merece alguém desregrando a procura e
te amando na espera. quando o relógio falha por um
milagre divino pois o tempo é pouco e os corpos, em
atrito, permanecem no mesmo espaço e há amor.

você merece o amor invadindo cada poro de cada pelo
de cada parte do seu corpo cheio de vida. pois você é
um sistema que precisa e deve ser contemplado com o
peito acelerado às três da manhã de uma segunda-feira
primeira do ano. porque todos os outros, aturdidos
pela ideia da ordinariedade, não carregam o que você
carrega. pois você é um sistema que precisa e deve ser
contemplado com a ideia do amor às sextas-feiras e aos
sábados de cada semana de cada mês. e você merece
sentir calafrio ao ligar, ouvir a voz, apertar o braço,
cheirar o cangote [como as águas de itaipu, que beijam
as bacias sedimentares e formatam um espetáculo
geográfico tão incrível que], misturar as línguas
molhadas e cheias de tesão, evaporar.

você merece evaporar como as últimas gotículas de
uma saudade pressionada contra o pescoço de quem se
ama muito. pois você é quem pressiona o amor contra o
pescoço de quem ama.

(quando eu senti sua pele na minha eu quis evaporar
e provar à ciência que era possível duas pessoas
destituírem suas células porque elas quiseram
ultrapassar o gene pra se encontrar).

você merece ser recebido de braços abertos como uma mãe
espera o filho na rodoviária. abraços apertados, lágrima

poente no canto do olho, restauração. você merece alguém que não te puna por ser tão comovido com o rasgar-se e remendar-se da vida cotidiana. você merece a si, comovido com o rasgar-se e remendar-se da vida.

você merece alguém bom porque você é bom. não é uma equação matemática resoluta, me deixa explicar: ele vai entrar na sua vida, modificar seus dias, arrastar seus olhos pra partes do corpo dele que até então você desconhecia, vai te fazer querer voltar correndo do expediente porque a volta é deliciosa, expectante.

como cerejeiras que promovem visões extraordinárias no Japão, você vai ser fisgado por alguém que olhou muito distraidamente a dança dos ventos sobre os galhos e sobre o mundo. esse alguém fará de você um concerto do lago dos cisnes em plena avenida movimentada enquanto o café é preparado num domingo de fevereiro.

você merecerá esse alguém bom porque o carnaval já não será o mesmo.

as festas de fim de ano;
os contratos sociais;
as falhas humanas e outrora tão questionadas.

alguém bom pra alguém igualmente bom.
porque o amor dá em pé de árvore.
pois seu peito é uma macieira no inverno mais gelado do planeta.

porque o amor existe pra te provar que seu sistema não falhou.

*esteja preparada pra si
mesma e pro tamanho do
universo que habita em você.
por vezes ele explode e
escapa.*

*e faz vítimas.
ou melhor: humanos.*

o coração do mundo é um buraco negro

é justo que por vezes você fuja do terror do mundo
porque ele é mau. 193
é justo que por vezes você se preserve em si mesmo
porque nenhuma outra pessoa te resguardará tão bem
como você.

porque você precisa de paz e paz talvez seja só você em
silêncio com você.

é justo que você vá embora se há dor. existe dor maior
do que a dor da insistência? é injusto com você e com o
outro. *abre caminho, vai descansar.*
é justo que você não queira sair da cama porque a vida
é violenta. e é justo com si mesma não insistir, não
resistir, não enfrentar, não confrontar.
é justo o silêncio.
é justo o desnudar-se e o jogar-se no mar.
é justo colocar a mão no próprio peito e desistir.
por vezes, é justo.

por vezes, você vai precisar de momentos específicos
pra que isso ocorra. talvez aconteça com mais
frequência do que você esperava. talvez aconteça
menos. mas esteja preparada. sempre.

esteja preparada pra si mesma e pro tamanho
do universo que habita em você.
por vezes ele explode e escapa.

e faz vítimas.

ou melhor:
humanos.

eu tenho medo de enlouquecer,
e você?

do lado de lá da praia

tenho um amigo muito próximo que esteve à beira de se
suicidar semana passada.

ele tomou uns remédios num dia aleatório e silente
— talvez fosse quarta-feira — e ninguém notaria sua
partida.

as partidas acontecem em tantos dias, em tantos lugares.
Mumbai, Cidade do México, Rio de Janeiro.

algumas pessoas, não aguentando a pressão do mundo
externo, congelam a própria mente e se anestesiam à
procura de escaparem disso que chamam de
vida-nos-cantos. tais pessoas se concentram em
ações muito simplórias pra seguir: escovar os dentes,
levantar da cama, caminhar na rua.

micromovimentos que garantem a elas a possibilidade
de seguir em frente em detrimento de uma enxurrada

de opções que não deram certo, caminhos errados e
portas que se fecharam.

o amor, que passou por elas e escoou pela vala mais
próxima; o emprego dos sonhos que, por muito pouco,
não vingou; os amigos que foram parar em *bad trips* e
nunca mais voltaram.

algumas coisas nunca voltam.

algumas pessoas, não sabendo como congelar a mente
e apenas se automedicar com doses de anestesia,
continuam como se nada estivesse acontecendo.

198

elas estancam a própria pele com ainda mais trabalho,
saídas aos finais de semana, descontos em sites de
compra coletiva, salas de estética e relacionamentos
abusivos. elas pifam, mas continuam de pé, certeiras
na própria agonia de ir à guerra e saber que, em algum
momento, vão morrer.

e todos vão.

essas pessoas, no entanto, permanecem intactas no
se descobrir doentes e infelizes.

fingem gargalhadas no fim do expediente, navegam nas
salas de bate-papo à procura de um outro corpo que lhe
dê a sensação quente de pertencimento, fogem do peso
da vida esticando a pele e se desdobrando em mil — não
gostam e não querem colocar a língua no ácido da vida.

preferem, pelo contrário, ir à missa aos domingos, discutir política veementemente com outros que não dão a mínima, vaporizar.

algumas outras pessoas, não sendo nem um nem outro, se vão em dias abafados e cheios de tédio. estas foram as que venceram a barreira da sanidade e passaram a barreira do quase.

elas enlouqueceram porque viram demais e beberam demais de coisas, processos, momentos, ciclos.

se embebedaram não dos livros de literatura clássica, mas da visão cotidiana do podre que quase ninguém vê.

há pessoas que, não sabendo como existir sem doer, correm uma maratona toda pra fugir do barulho que vem de fora. deitam-se em redomas diárias, protegem-se das falas superficiais, temem tudo e todos: o mundo é perigoso demais quando se olha com profundidade.

eu tenho medo de enlouquecer, e você?

depois desse episódio com meu amigo, passei a reconsiderar que a vida se mostra distinta pra cada um de nós.

quando olhamos pro céu, há mentes que constroem países em guerra com as nuvens, mas há também os que não veem nada, só uma mistura bonita de cores. e não há nada de errado com os que decidiram ficar

observando na areia da praia aqueles que se vão pro
mar, pro viver efervescente do sentir imenso, aqueles
que abriram mão de se anestesiarem porque temiam
nunca mais voltar à realidade, aqueles que seguem,
como se não houvesse nada mais.

eu estou do lado de lá.
meu amigo passa bem.

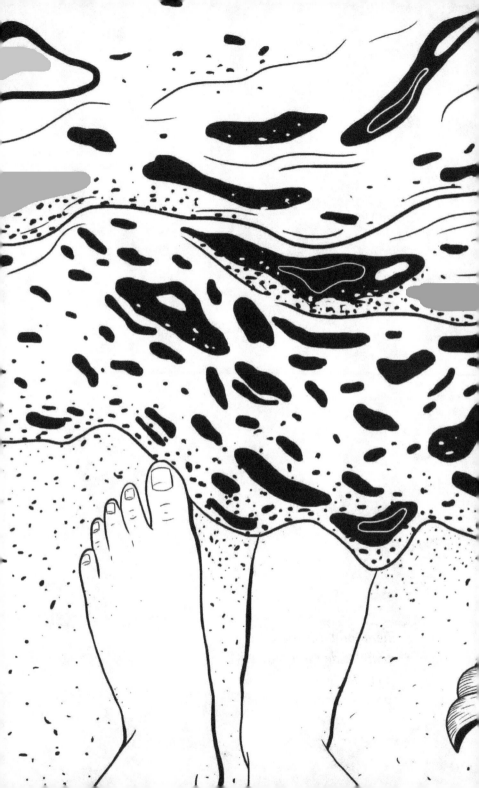

nem toda estrada
tem via de mão dupla
e eu não volto.
você também não.

sem título I

saudade dos discursos que não fizemos e das vezes em
que fomos às ruas protestar pelo direito de amar.

saudade de um futuro que abraçava nossos corpos e
pedia pra que ficássemos atentos aos que podiam nos
ferir — e tantos podem.

saudade de poder te trazer em casa os leites desnatados,
as broas de milho, os livros de Clarice Lispector, as
mágoas, os rins alcoolizados, as teorias sobre como o
tempo está passando mais rápido.

saudade das crianças cirandando entre nossas pernas.
Tarcísio, Sofia, Pedro, Petra. saudade das discussões e
das brigas que nos levariam a cômodos diferentes e a
pensamentos reconciliadores porque nos amaríamos
tanto que o perdão seria uma resposta rápida a todas as
fases ruins pelas quais passaríamos.

saudade de te empurrar nos carrinhos dos supermercados e de ouvir sua voz grunhindo e me pedindo pra ficar. saudade de tudo que não viveremos pelas escolhas e caminhos da vida.

nem toda estrada tem via de mão dupla e eu não volto. você também não.

saudade das palavras que não diremos um ao outro. daquilo que adormeceu no lado direito do peito e permanece lá — quente e manso como um animal deitado no colo de sua mãe. saudade de todos os planos escritos em blocos de notas, de todas as viagens que não faremos [Peru ou Arábia Saudita? interior de Goiás ou Belém do Pará?], de todos os vazios que ficam depois de uma intensa troca de farpas sobre insegurança e imaturidade.

saudade das ruas pelas quais passarei e não serão mais nossas e sim minhas. porque com os fins vem o término das conjugações no plural: tudo vira um, singular, angular. saudade de tudo que seria nossa propriedade caso o mundo não tivesse proposto caminhos distintos pra pessoas distintas dentro do viver.

saudade dos silêncios que nunca faremos pelo medo de errar. saudade de todas as maneiras que nunca terei de te pedir perdão e de todas as maneiras de você tentar explicar por que o sol é uma estrela que queima.

a metáfora é que quanto mais luz, mais dor. você era um raio solar em pleno meio-dia em horário de verão.

é por isso que não estamos mais
juntos? diz que sim.

saudade da cena que nunca
protagonizaremos: no meio da
cidade grande, em meio à maldade
do mundo, eu e você deitados no
chão pedindo pelo direito de amar
quem quiser.

mas a volta pra casa pós-protesto
nunca será sobre nós. hoje voltei
sozinho. amanhã também.

205

você se lembra de como seu
coração parou por alguns
milésimos de segundos e toda
a insegurança veio abaixo pois
tudo era tão intenso e maior?

uma memória sobre a cômoda

eu quero que você lembre daquela vez que sentiu tanto
amor que o peito parecia explodir.

eu quero que você recupere esse momento-lembrança e
traga-o pra cá, pro agora.

agora o coloca sobre a mesa.

olha bem pra ele, com calma.

o que você vê?

e naquele dia que você encontrou com o perdão na
esquina de casa, que seu coração quase amoleceu
porque finalmente entendeu o porquê de algumas coisas
acontecerem. você se lembra?

recupera esse dia e guarda de novo no coração.
força sua lembrança mais bonita sobre o dia em que, de
fato, você abraçou o perdão e o trouxe pra casa.

e o dia em que você encontrou o amor personificado em
outra pessoa?

você se lembra de como seu coração parou por alguns
milésimos de segundos e toda a insegurança veio abaixo
pois tudo era tão intenso e maior?

suas penas tremularam.
seu sangue correu feito água.
sua pele suava um oceano todo.

208   pega esse momento e traz pra cá, por favor.

se esforça pra lembrar dessas sensações porque elas são
tudo que você tem e que você é.

você se lembra daquele dia em que provou do sabor da
palavra amizade, o que ela verdadeiramente significou
pra você? porque você encontrou sua mãe chorando
no quarto e o abraço de vocês salvou gerações futuras
de crescerem desamparadas disso que chamam família.
vocês se reencontraram e encontraram um significado
pra tudo isso.

recupera essa lembrança.

coloca numa cômoda.
na parede da sala.

pendura-a num colar com você.
pra você nunca esquecer do que te formou,
pra você sempre se lembrar de ser generosa,
intempestiva na própria felicidade, livre

aquela vez em que você ousou colocar pra fora
tudo que te feria e a partir dali a vida se tornou
mais compreensiva e o mundo menos mau
você se lembra?

resgata essa parte do caminho e a coloque de novo à
sua frente.

todas as partes importantes daquilo que somos e que se
perde.
todas as partes importantes daquilo que somos e por
vezes descarrilha no caminho.
todas as partes importantes daquilo que somos mas que
por vezes é borrado por sujeiras mundanas.

porque tudo que foi afetivo e te afetou é parte integrante
de você.
do seu corpo.
do seu cérebro e seus milhares de neurônios.

que agora voltam e resgatam cada frase que permitiu
leveza,
sobriedade,
paz.

você se lembra de algum dia estar tão em paz que seu
corpo distribuía cargas de energia positiva?

pega esse momento e conta sobre ele pra si mesma.

porque eu sou boa

porque eu acredito que você seja boa.
porque virão dias ruins.

mas seu corpo são suas memórias dançando tango
argentino numa pista de gelo em pleno central park.
no meio da avenida mais quente do país.
no meio do seu peito que felizmente sobreviveu
e está aqui.

meu gostar dele tomou
formas arquitetônicas
quando o vi transitando
dentro da minha memória
entre um pensamento e outro.
eu lavava a louça
e lá estava ele, sorrindo
gigante dentro dos meus
olhos cor de mundo.

ana

meu amor platônico surgiu de uma esperança que tenho
na cidade maravilhosa.

213

acidentalmente se tornou platônico porque a geografia
nos pariu em cidades distintas.

ele, 24.
eu, 22.

meu gostar dele tomou formas arquitetônicas quando
o vi transitando dentro da minha memória entre um
pensamento e outro. eu lavava a louça e lá estava ele,
sorrindo gigante dentro dos meus olhos cor de mundo.
meu gostar dele tomou dimensões asiáticas porque
ele acariciava minha saudade e dizia que em algum
momento próximo estaríamos juntos vendo aquele céu
do arpoador.

a cidade de São Paulo acaba com a gente, disse a ele.

ele ria, porque não sabia do vazio existencial que os cafés no expediente me traziam.

tudo é tão grande e macio quando falamos sobre partir e chegar.

ele chegou pra mim num momento turvo, quando tanta gente apressada esmagou minha esperança em gostar de alguém.

acho preguiçoso tentar gostar.

mas ele me tirou da cama, colocou os chinelos perto de onde eu dormia, me preparou o café.

214   ele me abriu as janelas e os sorrisos, me fez apreciar a companhia da luz entrando e me desejando vivacidade. ele chegou e eu quis pegar o primeiro voo pro Rio de Janeiro, dizer que o gosto era bom, que a adrenalina que me queimava nascia nos olhos dele, que a vida não seria justa enquanto eu não chegasse perto do arfar, de quando o beijo é muito quente e o respirar faz cócegas na memória.

amor platônico que aparece quase nunca, que nunca havia existido até ele materializar o conceito de distância.

antes da geografia nos empurrar pra fora do lugar-conforto.

e nos pôr no lugar-confronto,
quando nossas certezas são cerradas pela ideia do amor
ferindo a vista, o ângulo, a parte aturdida e escondida
em que depositamos todas as nossas sobras e restos que
ficaram das desilusões

de você, não escondo nada.
nem meu amor pelo Rio,
nem meu amor pelo que você transbordou
em mim e é gigante.

agradeço por ambos.

relações são sobre distinções
que decidiram coexistir.

recipro cidades

a reciprocidade é um vício.

eu te amei na noite passada mesmo sabendo que você
não me amava na mesma intensidade.

ou melhor, não sei se você me ama na mesma
proporção. e isso me importa em qual momento?
em qual momento eu coloco uma balança nisso que
chamo de relação e começo a medir trocas por meio do
amor?

semana passada você me fez um misto-quente em plena
quarta-feira de sol com um sorriso lindo e por um
momento eu me entristeci pois pensei que nunca havia
feito nada parecido.

o ato, em si, não pedia reciprocidade.
ou melhor: o que era recíproco, ali,
era minha vontade de estar.

por vezes, reciprocidade tem a ver com disposição.

"eu estou disposto a ir fundo nisso? a estar aqui? a dar o meu melhor?"

uma vez eu ouvi que "tudo bem você não concordar com tudo aquilo que eu te dou. mas se eu dou meu melhor, pelo menos isso espero que você reconheça".

o problema é que você dá e espera que te deem da mesma maneira. mas você não é diferente dele?

ele gosta de melancia. você detesta melancia.

você nunca viajou pra fora do estado.
218 ele já aprendeu quatro idiomas.
percebe?

relações são sobre distinções que decidiram coexistir.

reciprocidade tem a ver com o quanto você está disposto a entender que alguns dias serão mais amenos do que outros.

que alguns movimentos te trarão frustração porque não sairão como você espera,
mas que, caramba,
é preciso saber lidar.

se você não lida, a insegurança aumenta. e tudo, consequentemente, vira motivo pra querer cair fora.
reciprocidade é uma balança.

você entregará mais presença em determinados dias. ele te doará mais carinho e temperança em outros.

em alguns dias, ela vai querer estar sozinha no quarto onde vocês dois compunham discussões sobre as próximas férias. noutros, ela vai querer dormir no seu pescoço e fará uma rede entre uma orelha e outra.

reciprocidade é isto: você saber que ele tem se esforçado e tem entregado o que pode.

se é insuficiente, você também pode abdicar e dizer que não serve.

mas, caramba, não é bom tentar?
às vezes é sim.

219

reciprocidade é energia.
é a mão em cima da outra. é o olho confortável dentro do olho do outro. não menos que isso.

menos que isso não queira.

mas também não dê amor já esperando recebê-lo de volta na mesma intensidade, tempo e espaço.

pode acontecer depois, pode acontecer amanhã, pode acontecer semana que vem.

quem sabe na semana que vem eu não faça um café da manhã também? não por obrigação ou peso na consciência ou porque estou atolado no conceito de reciprocidade. mas porque decidi ficar e é bom estar com você.

porque você se entrega pra mim diariamente e eu também. porque eu prefiro literatura russa e você, alemã. porque suas músicas não tocariam numa playlist minha e, mesmo assim, conseguimos depositar-nos um sobre o outro quando todo o mundo faz questão de partir e abandonar.

reciprocidade é sobre entender demandas, mas entender que o amor preenche tudo, no seu tempo — e enquanto seres humanos diferentes, a seu modo.

o grande amor da sua vida
pode dizer pra você
que o amor acabou
enquanto vocês jantam
numa quarta-feira. ele te
olhará com olhos marejados,
pegará nas suas mãos,
pedirá perdão. talvez você
entenda, daqui uns anos,
que amor também é esta
parte incompreendida que
resta entre duas pessoas.

bem-vindo, outono

que no amor também caiba a variedade de permitir que
o outro vá embora.

o grande amor da sua vida pode ir embora num
domingo chuvoso ou no primeiro dia do outono.

o frio virá pra presenciar o desafeto de vê-lo bater a
porta do apartamento, pegar as malas com as coisas —
do relógio à cerâmica, dos livros às fotografias de vocês
dois juntos.

o grande amor da sua vida pode nem voltar no dia
seguinte. pode dizer que vai à padaria e, dali pra frente,
não haverá mais nada. o vácuo embalando a solidão
e o buraco que restou entre os dois. ele mandará um
e-mail, depois de uns dias, se desculpando porque "não
conseguiria se despedir pra não ser pior".

alguns dos amores que você encontrará por aí serão
covardes e você precisa lidar com isso — não com ele
em si, mas consigo próprio

sair pra respirar e desprender memórias
tentar conhecer outros caminhos, como novas
padarias, livrarias, terapeutas, livros e doces
tentar recuperar aquela parte sua perdida
entre tantas vezes em que os planos foram
maiores do que a realidade dura da vida

o grande amor da sua vida pode dizer pra você que o
amor acabou enquanto vocês jantam numa quarta-feira.

ele te olhará com olhos marejados, pegará nas suas
mãos, pedirá perdão.

224

talvez você entenda, daqui uns anos, que amor também
é essa parte incompreendida que resta entre duas
pessoas quando a chama do relacionamento já está
apagada. talvez daqui a uns anos você perceba que todo
o espaço que existe entre dois seres humanos é um
atestado de que o amor já não consegue mais
se espreguiçar.

o grande amor da sua vida pode desaparecer enquanto
vocês falam de honestidade e compaixão. de repente,
você olhará pra ele enquanto embalam os cartões
postais e descobrirá que aquilo já não faz sentido.

sentados no chão, o abraço vai conspirar pra que ambos
saiam da relação limpos e sem arestas.

o grande amor da sua vida pode ser o grande amor
da vida de outra pessoa três dias depois de vocês
terminarem as conexões. você o verá com outra pessoa
caminhando pela rua e, infelizmente, voltará pra casa
desacreditado do amor.

algumas pessoas têm a estranha mania de nunca
se contentarem em permanecer sozinhas,
degustando o gosto do fim.

o grande amor da sua vida poderá, amanhã mesmo,
não ser o grande amor da sua vida.

todas as suas certezas sobre o amor poderão ser
contestadas enquanto você escreve um e-mail dizendo
sobre o quão doloroso foi o processo de desconectar-se.   225

ficam as memórias impregnadas nas salas, quartos,
membranas do organismo.
às vezes na casa dos amigos.

até nos lugares em que costumavam ir,
seja pra tomar café ou fazer amor.

o grande amor da sua vida poderá te ferir de maneira
tão profunda que os cortes demorarão até serem
suturados. até lá, você vai se agachar algumas vezes no
seu quarto enquanto chora e pragueja todas as relações
do mundo.

o grande amor da sua vida poderá destruir todas as
suas teorias sobre o amor: da filosofia aristotélica às
invenções pós-modernas, ele vai contribuir pra que sua

fé nas relações seja triturada pela metáfora do abandono. porque ele terá te abandonado em plena semana em que o outono decidiu renascer.

porque ele terá te abandonado quando você menos esperava — e quando é que a gente espera alguém indo embora da gente?

porque ele terá abandonado todas as suas vitórias, conquistas, vontades de viajar, livros, teorias sobre sexo e religião, filhos e planos de se casar.

porque você se perceberá sozinho quando a cidade esfria e todo mundo parece menos apto a amar.

você ainda vai descobrir que grandes amores de nossas vidas tendem a escapulir por vezes. quase sempre.

seja muito bem-vindo,
outono.

com a sensibilidade de quem
come um dragão e implode.

listas pra quando você for ao mercado

1. guardei você numa memória mansa depois de muitos meses desejando que um poste caísse na sua cabeça. eu sei, terrível demais pra quem compartilhou uma existência, tocou uma pele, escreveu textos e textos dizendo do amor. depois de um tempo, a mágoa foi embora de mim e eu me permiti sentir você de maneira menos áspera, menos dolosa, menos falha. hoje, não desejo que postes caiam, mas sim que paz e esperança atravessem seu caminho.

229

2. quando escolhi amar você — sim, eu escolhi —, sabia previamente que poderia me machucar. estou revisitando essa memória de agora pois preciso me certificar de que sua vida tem caminhado, que seus passeios tomaram outros rumos, que seus planos já fazem parte de um memorial com outra pessoa. eu sei, acontece. daqui a uns anos você vai olhar pra mim e eu serei uma miragem que desponta no seu cérebro e te lembra do quão orgulhoso você foi, fomos.

eu sempre gostei muito de você, de meses atrás até os dias conflituosos de hoje.

3. o mundo está vazio de pessoas que se preocupam umas com as outras. é tudo tão triste e incolor. confesso que depois de você poucas pessoas se dispuseram a colocar a mão na minha alma de maneira densa, quando no outro dia a memória é refrescante e a vontade de seguir é contínua. hoje, tento me distanciar de tudo que parece empobrecido, superficial e efêmero. quero, antes disso, alguém com quem eu possa contar sem me preocupar se na semana seguinte, havendo a quebra, a mágoa falará mais alto. alguém que seja tão bom em se permitir o choque que, sabendo da entrega, não me questione por qual razão sou tão intenso.

230

4. nesta vida, você encontrará poucas pessoas hipersensíveis. eu fui a primeira que apareceu no seu caminho e você não soube lidar, me afastando por completo de todas as tentativas de felicidade. talvez, outras venham e te mostrem que ser sensível à vida é uma dádiva, um presente do universo. pessoas que abraçam todas as vertigens do mundo existem pra compensar toda a outra parte que é apressada e hostil. depois de mim, se questione e tente não afastar quem decide, prontamente, te conceder uma espécie de amor denso.

5. passei muito dos meus dias me questionando se eu estava errado por sentir demais: da pressão social em ter um emprego à maneira como me vestir. falava pra terapeuta se essa minha consciência de mundo talvez

tivesse me afastado da sanidade, quando, na verdade, eu deveria questionar os porquês dos outros não serem assim. as pessoas tendem a passar pela vida sem se permitirem queimar: a pele, a membrana do coração, a memória — que ama e faz o outro existir.

6. minha memória por você é indissolúvel. não desvencilho de mim todas as vezes em que era e estive feliz ao teu lado. com a sensibilidade de quem come um dragão e implode. com o desejo de quem quer salvar o mundo mas não consegue sequer levantar da cama em dias ociosos. com a força de quem ama frementemente todas as palavras porque elas são as únicas que abraçam e me fazem levitar.

7. resguardo você num lugar bom, sem mágoa. o outono desfolha tudo que nasce e renasce, como meu peito, cheio de raízes e folhas secas.

*"permita que ele vá ao
mais longe de você pra que
você esteja o mais próximo
de si."*

resíduos da sua luz dançando no escuro

tem um baile na cidade e eu vou sozinho.

quando tinha 18, sonhava em dançar com você
uma música que até então era só nossa.

mas aí veio a vida, o mundo, as catástrofes, a vontade
de correr, ir embora. vieram outras pessoas, com outras
histórias, com outras vontades de correr.

tem um baile na cidade e eu não fui convidado.
você levará seu novo amor agora. eu sei. fiquei sabendo
através dos postes, que me disseram que você seguiu.

as pessoas seguem, eu sei eu sei.
elas compram casas novas, apartamentos mobiliados,
iogurtes e margarinas na promoção. as pessoas seguem
e os planos também: Bali, Toronto ou Nova York? casar
na igreja, na praia ou no sítio? ter um ou dois filhos?

e de repente eu só queria ir ao baile. mas vou sozinho.
colocarei a roupa mais bonita do guarda-roupas.
vestirei a armadura mais ferrenha e protetora de todas.
dançarei com minha própria presença quando a noite
cair e todos estiverem seguindo suas vidas com seus
amores.

danço nossa música sozinho porque ela ainda é minha.
pego-a pelos braços, olho-na nos olhos e danço, danço,
danço.

tem um baile na cidade e você está feliz.
eu deveria estar também. talvez eu esteja.
sozinho, mas feliz por você.

234   existe uma metáfora nos fins que é a seguinte:

"permita que ele vá ao mais longe de você
pra que você esteja o mais próximo de si."

e nesse caminho casa-ruas-memórias,
onde construímos beijos mordiscados nas vielas do
bairro-baile, eu cantarei e lembrarei de tudo que eu
criei e sobreviveu.

minha vontade de que você seja feliz mesmo sem mim,
minha vontade de que você esteja feliz mesmo sem
mim, minha vontade de que você dance a noite toda sua
nova canção com seu novo amor, minha vontade de que
eu encontre na melodia do caos uma boa história para
contar.

porque teve um baile na cidade
e ninguém me convidou.

inconsistência

precisava de você de maneira aguda e acentuada
e como nunca tive
precisei inventar a mim mesmo numa solidão
desesperada.

237

é assim, dizem, que nasce a autoconsciência.

*quando o sexo faz uma
orquestra sinfônica dentro do
âmago e a vontade é de fazer
ainda mais sexo com amor,
sem amor, com muito amor.*

em algum lugar da Venezuela

não sei como começar este texto sem parecer desumana
ou humana demais, mas aqui vai.

239

pessoas mentem,
o tempo todo,
sobre tudo.

enquanto eu choro baixinho tomando banho porque
nossos caminhos já estão distantes um do outro, você
prepara pães e geleia no café da manhã.

enquanto eu me esforço pra parecer mais amena e
calma, você está do outro lado da cidade fazendo planos
sem mim.

acontece, né?
são coisas da vida.

acho que a gente não dura muito tempo.
penso também que soube exatamente quando havia
deixado de te amar.

foi num domingo em que você assistia àquele clássico
de futebol do qual faço questão de esquecer o nome
dos times. eu via você observando a televisão e me dava
conta de que o amor é essa letra minúscula que existe
entre mim e o mundo quando a quentura da afeição já
não abraça quem decidiu estar numa relação afetiva.

quando descobri que não te amava mais,
uma tontura branda tomou conta do meu peito.

240 eu voltei à cozinha, cogitei refazer as listas do
supermercado pro resto do mês, lembrei de alinhar as
lancheiras das crianças, emudeci num acontecimento
que raramente acomete pessoas: eu precisava sair
daquilo. porém, falha e tardia na minha sensação, eu
apenas continuei te olhando, sabendo que entre nós o
amor já não mais imperava.

acontece com todo mundo, a todo momento.

elas mentem sobre quando deixaram de sentir aquele
frenesi que é suscitado pelo amor lambendo cada poro
da pele, sentenciando acontecimentos micros como:

*quando o sexo faz uma orquestra sinfônica dentro
do âmago e a vontade é de fazer ainda mais sexo
com amor, sem amor, com muito amor;
quando se compartilha o incômodo dos dias*

normais e ordinários e tenta-se melhorar, pela
relação e por tudo que virá;
quando os amantes já percebem que, para além dos
esforços matinais, há de se ter paciência e empatia
pra continuar.

então este texto é só pra te dizer que menti.
aconteceu do amor se esvair de mim momentos antes de
você também ter ido.

por esta razão não o impedi que fosse ao encontro de
qualquer outra coisa que não nós.

você me dizia que me queria profundamente.
eu te dizia que a vida era breve mas que cabia a verdade.

241

você continuava a atenuar nossa relação e colocá-la
sobre uma louça limpa dum sábado solar. eu só
precisava saber por que pra você era tão difícil sair
dali.

eu estava aterrorizada por estar sempre preparada
pro embate.

poderíamos ter ido à cafeteria mais chique da cidade
discutir por que nosso sexo já não era tão bom.

eu poderia jogar na sua cara todas as vezes em que me
senti sozinha e fadada a algo que não me permitia pular.

você poderia me dizer o quanto eu era distante

podíamos nos machucar e magoar até que não
restassem fiapos do que havíamos construído.

mas não.

o fim do nosso amor aconteceu pra mim num domingo
de clássico entre dois times dos quais eu sequer sabia o
nome.

nada de especial, glorioso ou honroso.

e, a partir daquela constatação frívola e fugaz,
começamos a nos separar separar separar e fim.

você, do outro lado da cidade, lendo um livro novo de
poesia venezuelana, me excluindo daquele momento
superimportante pro curso das nossas literaturas.

eu, chorando vazia e amargurada, pela ideia de nós dois
se dissipando. e o café da manhã ainda nem estava na
mesa.

trilhos

você poderia não me doer assim,
certo feito um trem que, em sua partida, sabe
exatamente onde vai chegar.

243

meu peito
o final dos meus olhos
o extremo da minha memória
as vielas sem saída
e todo o resto.

é pra lá que você está indo.

*quando criança, fui
diagnosticado com uma
doença que fazia meu
coração bater mais forte.
talvez fosse uma metáfora de
como eu seria dali pra frente:
acelerado.*

as palavras dormem na pele

enquanto eu levantava a cabeça tentando distrair minha
mente e não pensar que estava longe de tudo. 245
mas eu sempre estive.

por isso escrever cresceu em mim como uma ferida que
fica no corpo por dias e dias. eu tirava a minha camiseta
e ela estava lá.

as palavras são as únicas coisas que eu tenho nessa vida.
a poesia quando começa a descabelar meus cabelos, me
beijar os olhos, me encher de graça.

ninguém nunca fez isso por mim, não.

de me carregar no colo enquanto chove e troveja,
de ouvir minhas reclamações e dos dias em que não
consigo ser humanamente ser humano. ninguém nunca
teve paciência pra me olhar nos olhos e me ouvir sem
esperar que eu ouvisse também.

com o texto,
com a palavra,
eu posso falar e falar até não aguentar,
até minha goela secar e nenhum rio Amazonas
dar conta de resolver a seca.

o primeiro cara que amei na vida não me levou a deus.
o que me levou foi as palavras.

eu escrevia pra deus todas as noites pra ele me perdoar
por ter nascido *tão sensível.*

dizia "deus, por que eu?" e não recebia resposta alguma.
nem mesmo deus, veja só, quis tirar a importância da
palavra em mim. ele permitiu que o texto fosse uma

246

> fuga,
> salvação,
> caminho.

caminho pra mim mesmo, porque nunca ninguém me
entendeu tanto quanto aquela vez em que escrevi e fui
escrito por um texto.

as palavras já me salvaram do suicídio,
da automutilação,
da força de fugir.

quando fugi,
fui pra dentro dos parágrafos de mim mesmo
e me construí ali.

quando tive ansiedade, culpa, raiva, frustração, apatia,
transtornos e vontades de ir pra qualquer lugar que não
este mundo... a palavra, ela mesma, que se pendurou no
meu pescoço e me pediu que eu ficasse.
que eu valia a pena.

as palavras deitaram na minha clavícula e fizeram
terapia comigo. me explicaram das alucinações que tive
durante a infância. me falaram sobre ciência, religião.
as palavras lamberam cada tentativa minha de sair de
mim. elas dizem "fique aí, você é muito".

e eu acreditei:
eu era muito, eu fui muito, eu sou muito.

todos os textos que escrevi me puxaram pro rio que
existe em mim e que me salva da existência.

eu existo, sim, em todas as palavras que vão se
alinhando pra formar o que chamam poesia, literatura,
conceitos conceitos conceitos.

e o que chamei de outro caminho

porque as palavras são essa sensação do carinho em
si mesmo: me olho no espelho, sei quem sou,
não temo o outro.

as palavras foram as únicas a me observar chorando no
quarto e me pegar no colo, colocar em uma superfície
mansa, acariciar meus medos, sopros no coração.

quando criança, fui diagnosticado com uma doença
que fazia meu coração bater mais forte talvez fosse uma
metáfora de como eu seria dali pra frente:

acelerado
eu *corro corro corro* e me jogo no futuro,
na vida, nas pessoas.

é tudo tão intenso que vai corroendo,
vai fazendo meus olhos verem cada vez mais.

a vida é tão grande, profunda, humana.

e eu quis ser ainda mais humano.

248

meu coração não para.
e as palavras dormem nele.
meus textos dormem no meu próprio coração.

metalinguagem,
intertextualidade,
salvação de si mesmo.
não sei, não sei.

tudo tá girando agora.
talvez seja uma outra dimensão.
é o texto me chamando pra dançar.

e eu danço.

*não hesite em chorar, onde
estiver, pra quem quiser ver.
o espetáculo da humanidade
está em justamente se despir
de si mesma.*

fuga

ir a algum lugar, longe. porque há dias
que doem mais que outros.   251

dias em que não há como fingir felicidade.
você toma o chá das 10h no expediente e uma lágrima
começa a rolar, serena, sobre seu rosto cansado. alguém
sussurra "tá tudo bem?" e você só consegue passar a
mão na lágrima e seguir. às vezes seguir é doloroso
demais. *demais.*

há dias em que você não quer dizer a verdade porque se
a disser, a outra pessoa chora também. mas você quer,
sim, ter o direito de desabar. enquanto anda de trem,
enquanto escuta aquela música que tem o gosto do fim,
enquanto faz compras no supermercado e se lembra de
que é sozinha nesse mundo.

ir a algum lugar, longe.
porque há dias cuja vontade é de fazer as malas,

sair de casa e ir a qualquer espaço que abrigue sua
humanidade mais encardida. algum lugar onde não
te julguem pelo tamanho da dor, pelos centímetros
da solidão envolta em você, pelo diâmetro da tristeza,
pela força da inutilidade. onde te vejam e te percebam:
humana e esgotada pela obrigatoriedade de existir.
porque existem dias, mais cinzas, que pedem corações
abertos, certos de seu lugar na história, amparados pela
maciez da compreensão.

e tão poucas pessoas te compreenderam: sua mãe, ao te
parir. uns poucos amigos, que carregam suas cicatrizes
pela rua Augusta e te ajudam a seguir, indiferente à
opressão do mundo. você mesma, que se embala e
acarinha quando ninguém mais vê.

252

ir a algum lugar, distante.

um submundo.
uma esfera divina.
um lar que receba em vez de apartar.

tantas coisas têm doído em você, eu sei.
a guerra dos que têm fome demais. os casais partindo-se
ao meio no universo das dúvidas constantes. o futuro
engravidando sua mente com tantos caminhos: ser
amada? amar? *etc etc etc.*

algum lugar que te lembre que você é boa e gigante. que
receba você e todas as suas incertezas como sinal de que
existe vida. e de que ela está sendo vivida no seu limite,
no limiar.

no limítrofe da existência
pulsando... pulsando... pulsando.

há dias em que é preciso extravasar. gritar no meio da
avenida. pedir arrego a deus. desligar os celulares, os
computadores, os neurônios agitados, a esperança e os
sonhos de uma vida melhor. dias apáticos, em que a
única possibilidade de continuar vivendo é se estender
sobre uma perspectiva mais franca e real: eu não estou
dando conta. pois há esses dias também. em que não
se consegue fingir ou dissimular. dias em que
precisa-se, urgentemente, de uma cura, milagre,
oração ou simplesmente nada.

um nada, bem grande,
do tamanho do desejo de levantar,
fazer qualquer coisa, caber.

253

você não tem cabido, por agora.
eu também já não coube, em alguns dias.

passei quase seis meses não cabendo em nada.
roupas não me vestiam.
empregos não me vestiam.
expectativas não me vestiam.

hoje, tentando caber, seguir ou tomar chá sem ter uma
crise no meio do expediente, eu vou vivendo.

um dia você consegue. e se não conseguir, não hesite
em chorar, onde estiver, pra quem quiser ver.

*o espetáculo da humanidade está
em justamente se despir de si mesma.*

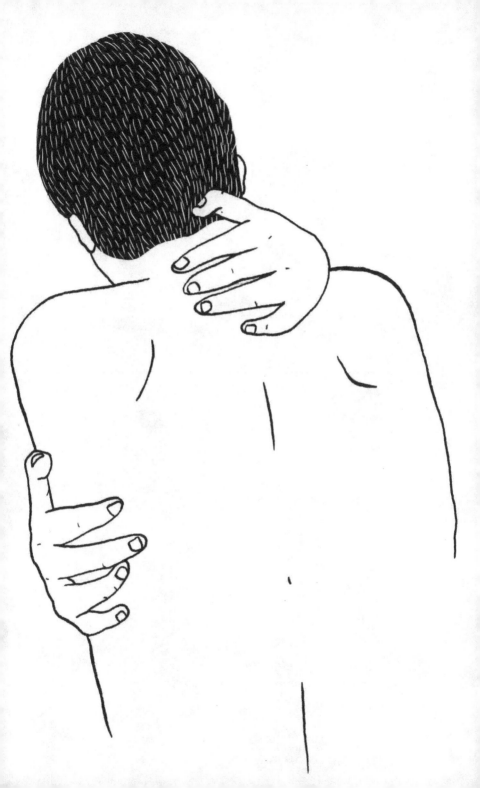

triste demais, toda essa
memória emancipada pelo
fim do amor.

Tatuapé

lapsos. lapsos. lapsos.

em todo lugar:
no metrô em que costumávamos descer pra escapar do
mundo, dentro da biblioteca universitária, no coração
da intimidade de nós dois nas escadas rolantes dos
shoppings da cidade.

é triste demais revisitar esses lugares e perceber que não
existe plural, resolução matemática, um final digno de
pessoas que souberam lidar com a mágoa corroendo
as bordas do fim. é triste demais revisitar a praça
de alimentação onde por tanto tempo eu dispus de
paciência, empatia e confortabilidade pra compartilhar
contigo minha existência na sua
e vice-versa.

as lojas em que íamos,
as farmácias, com sua sacralidade e todo o ritual antes

do amor: "ninguém pode nos ver aqui".
e era engraçado, surreal, adolescente.

tolo, também.

volto a esses lugares, caminhos e destinos
sem conseguir escapar deles. sim, ainda preciso
me certificar de que estou vivo e convivendo com a
lembrança mais dolorosa que há, pois só existe esta
cidade, por enquanto, e porque a memória mais relapsa
insiste em cair sobre mim até mesmo quando minha
mãe resolve fazer exames de estômago.

estou eu aqui,
bem no meio do bairro onde você mora
e é triste e irônico.

258

uma brincadeira de um deus.
uma promessa de que nem todos os fins acontecem
de forma rápida e gasosa: por vezes, a crosta de um
possível amor vai se liquidificando até não restar nada
ou quase nada.

pensava eu, idiota, que tudo tinha ido.
e são assim os dias: parece que tudo *vai vai vai vai*
até que, numa quarta-feira ordinária, você vem de
maneira torrencial e re-existe em mim.

triste demais ter que aniquilar
o toque, o tato.

e tudo que me foi bom.

não sei em qual momento exato eu também me deixei
estar nesses ambientes que chamei de nossos. e que, por
senso comum, acabaram se tornando espaços vazios pra
outros tantos casais que, como nós, terminaram e não
voltam mais:

escadas do metrô,
linha vermelha às seis da tarde,
avenida Paulista caótica-pulsante,
livrarias com seus leitores assíduos,
e tantos outros pontos disformes que, hoje, resolveram
lampejar na minha memória o que éramos
o que tínhamos e o que fomos.

triste demais,
toda essa memória emancipada
pelo fim do amor.

quero estender minha alma
pra onde partidos políticos
não alcançam. pra onde deus
não chega com seu olhar
soberano. pra onde o mundo
não existe em sua tarefa de
massacrar.

a alma é um lugar de descanso

estender a alma ao infinito.
deixar que a dor vire adubo pra um jardim maior.   261
entregar o peito, o coração, o corpo, a pele, a vida.
deixar doer até que não sobre nada além de
ensinamento.

(viver ensina muita coisa pra quem
          tem ouvidos serenos)

estender a alma até o eterno que é sentir.
e sentir grande,
do tamanho dos vários universos que nos habitam.

estender a alma pra além das pálpebras, dos cílios
cansados, do olhar eternizado na membrana da
memória.

estender a alma pra além do entendimento. pra aquilo
que é manso, frugal, telemático. pros fatos corriqueiros

que deliberam sensibilidade. pros dias macios, em que é
preciso arrancar à força toda poesia, concreta e mansa,
e seguir.

estender a alma pro caminho à frente.

aprender a recuperar o fôlego depois de várias tentativas
furtivas de amar. e se dar conta de que viver é isso
mesmo, várias vezes, em diferentes momentos da
existência: vou estraçalhar meu peito na calçada da sua
fuga de mim. vou recuperar meu peito na calçada da
sua volta pra mim.

estender a alma pro alto, pro lado, pra baixo. colocá-la
na linha de frente, à prova de balas. deixá-la que leve
não só o tapa, como a cura também. a minha alma,
essa coisa quase que insignificante, anarquizada por
um mundo vazio e oco em si mesmo. estender a alma
pra casa do vizinho, pras manchetes no jornal, pras
revoluções que acontecem diariamente na cabeça das
pessoas que se entregam demais ao amor, à vida, a tudo
que move e queima. estender a alma pra essa parte
da vida que explode e dói. que nos obriga a arder em
pleno sol de meio-dia. o ato de enxergar no cotidiano
uma ideia, um plano de ação, uma vontade de resistir. a
poesia existe pra nos livrar da falta de sanidade.

estender a alma pra minha entrega iminente em me
querer cada vez mais puro, honesto, leal. estender
minha alma pra sua verdade mais íntegra,
pura e leal também.

262

estender minha alma pra aquele lugar onde nunca fomos. provar da esperança nos sentando lado a lado e contando que temos sido bravos, fiéis, humanos.

chegamos até aqui, transpassados por essa humanidade pesada e infinita. eu, tu.
gosto um tanto de você.

quero estender minha alma pra onde partidos políticos não alcançam. pra onde deus não chega com seu olhar soberano. pra onde o mundo não existe em sua tarefa de massacrar.

estender minha alma pra brilhar em algum lugar secreto, seguro, infindo. estender minha alma pra dançar com a poesia de um universo que me acolhe e me faz agradecer.

263

 hoje, só hoje, quero agradecer pelo tamanho da alma que possuo. porque é ela, essa grande massa disforme e metafórica, que me deixa levantar todos os dias, estender a roupa no varal, alimentar os gatos, escrever.

é minha alma que, vivendo intensamente cada eco de uma entrega desenfreada, não me deixa desistir.

por amor a ela e àquilo que existe em mim e não volta. meu âmago me diferenciando de todos os outros indivíduos.

estender minha alma pra todas as vezes em que
sobrevivi à vida me socando. estender minha alma
pra todas as vezes em que me senti só e só tive
esse espaço-interno como lugar de fuga e apreço.

estender minha alma pra ainda mais
dentro de mim.
porque assim cresço
e sou cada vez mais.

metamorfose

então de repente a pessoa que você era ontem já não
existe mais aí dentro. mudaram-se as células, tronco,
coração. seu corpo se reinventou e você adquiriu uma
marca no rosto, um caminho por onde suas lágrimas
descem sem dificuldade. você adquiriu uma mancha
no peito daquela vez que confundiram seu afeto e
transformaram-no em um pedaço de nada. da semana
passada pra cá você adquiriu uma náusea do mundo:
seus olhos procuram, inutilmente, uma esperança em
seguir. a tatuagem similar à palavra já não faz mais
sentido. o arroz não desce muito bem, os livros estão
na cabeceira há algumas semanas, existe um frio que
só você percebe. seus pais perderam o crescimento
dos seus cabelos, unhas e muros. hoje você decidiu
crescer barreiras pra que ninguém te toque muito
profundamente. sexta-feira você encontrará alguém
de quem gosta muito, em silêncio. na partida também
há consolação. você olha pra si mesma enquanto lava
a louça, percebe o cisto: a vida tem crescido, menina,

265

dentro dos seus canais. nos entremeios. o paladar muda.
e vai mudar bastante ainda. a maneira como você irá
embora da vida dos que ama igualmente mudará.
a forma como ora a deus, a solidão da primavera
esgarçando as folhas, a cama desarrumada e o desejo
de amar outro, diferente de tudo até então. dois dias
atrás você era uma flor à beira do universo que explodia
e hoje você está no epicentro do mundo, florescendo
também.

e você ainda nem cresceu.

*não há pelo que chorar se
a perda foi involuntária. é
o movimento que você se
propôs a presenciar nessa
esfera da existência.*

mar ou oceano

se em cada perda eu deslocar meu ombro e chorar,
amanhã estarei na beira da praia em vez de viver. tive   269
muitas perdas ao longo da vida. amigos, namorados,
pessoas que mantive próximas à minha pele mas que
desmancharam, viraram na esquina de suas próprias
questões, desapareceram. sumiram em domingos,
terças-feiras, quintas. enquanto o Brasil perdia a copa
do mundo, enquanto meus vizinhos se amavam em
cima de livros velhos, enquanto uma greve geral parava
a cidade de São Paulo. eu perdi. e continuo perdendo.
mais por naturalidade da vida do que qualquer outra
coisa. aqui, nesse ponto, não refuto o pensamento de
que as pessoas só estão em nossas vidas pra nos levar
ao melhor ou pior de nós mesmos, é nisso mesmo
que consiste a materialidade humana. uma vez eu
descobri que sentia ciúmes quando um ex-namorado
foi desperto por desejos que até então eu desconhecia.
há umas duas semanas, fui atingido por outra perda
mas reagi bem e estou em conforto comigo mesmo.

acontece. as pessoas indo embora da gente enquanto continuamos seguindo. *seguindo seguindo seguindo.* pela orla de Ipanema, Copacabana, não sei. eu só sei que segui. e continuarei seguindo. a vida é um ciclo que nos chama pra dançar enquanto perdemos o colar, os abraços e as declarações de amor. talvez o amor fique. talvez. nem tudo é sobre permanecer. na verdade, nada é sobre permanecer. descobriram que as pinturas rupestres ainda resistem. até quando? o zodíaco vai explodir daqui a uns zilhões de anos, sua avó vai morrer daqui a umas décadas, sobre minha ex-melhor amiga já não sei muito, algumas cicatrizes nunca voltam à tona, retornam ou respiram. elas simplesmente cedem, tornam-se marcas indeléveis, mas que podem ser facilmente esquecidas ou cobertas. o tempo. a vida. o mundo. o esquecimento. não há pelo que chorar se a perda foi involuntária. é o movimento que você se propôs a presenciar nessa esfera da existência.

estamos existindo. esquecendo. perdendo. ou voltando pra casa.

às vezes não estamos
preparados pra quedas bruscas.
mas, nesta vida, quem está?

em algum lugar na Tailândia

paz é quando você permite que alguém vá,
permanentemente.

273

você sabe que ele não te ligará amanhã às dez da manhã
pra desejar um bom dia. você sabe que o conforto
da voz dela nunca mais chegará até seus ouvidos e
que a partir daquele ponto, do adeus, nada será tão
confortável quanto antes.

permanentemente.

como alguém que viaja pra Tailândia sem passagem de
volta pra casa.

você sabe que, ao deixar que ele verdadeiramente vá,
perderá o ar por uns dias. a pia na louça convidando
você a espairecer.

seus amigos te convidando pra sair.
você tentando tatear qualquer memória ainda recente
de um futuro que, juntos, vocês construíram.

às vezes não estamos preparados pra quedas
bruscas. mas, nesta vida, quem está?

o emprego te chama e nunca mais seus olhos em cima
dos olhos dele. semana passada a netflix lançou uma
série nova, política americana, ele gostava tanto. você
vai se apegar a esse detalhe pra tentar manter alguma
coisa pequena sobre ele. sobre seu gosto.

ele detestava abóbora, mas você fazia mesmo assim.
hoje, você não tem mais desejo por nada parecido, em
274   textura ou cor.

nossa memória vai cavando o que há de similar sobre as
pessoas e coisas pra quando elas forem embora termos
escapes: não ver aquele filme por um longo tempo.
não visitar aquele barzinho no centro da cidade nem tão
cedo. evitar a fadiga de qualquer relação que te puxa ou
tira do eixo.

seu corpo vai te protegendo dessa queda brusca
queda brusca.
queda brusca.

permanentemente.

e sua cabeça dói, seu coração acelera o passo, tudo o que
se viveu vai entrando no seu peito assim como o trem
chega em seu destino final.

você corta relações e sabe que nunca mais existirão
palavras de conforto daquela pessoa em especial.

aquela mesma que te levou ao mesmo shopping durante
dois anos e te levou pra conhecer todas as seções da
livraria da cidade e te levou pra conhecer a família, o
cachorro, a mãe, o pai, o quarto.

caramba,
você sabe até do cheiro do lençol em
que ela costumava dormir.

e essas coisinhas, que parecem pequenas no calor da
relação, passam a ter um valor substancial depois que
você perde ou deixa ir

permanentemente.

como quem não volta da Tailândia nem tão cedo.
como quem perdeu o número de celular e não há como
ligar, pedir pra voltar, reaver reconciliação. como quem
virou a esquina enquanto você permanecia estática,
quem sabe intacta e até assustada, porque as relações
terminam em terças-feiras muito felizes e você se dá
conta de que na quarta-feira e na quinta e na sexta e
pelo resto do ano

    não há volta,
    não há resquício,
    não há nada.

275

há leões lá fora,
minha mãe sempre dizia.
como dizer a ela que sempre
tive medo deles, e agora mais
do que nunca?

saudade

não me disseram que saudade era esse sentimento
prematuro de quando já se sente falta antes mesmo de   277
partir. não me disseram que saudade é quando você vai
se deixando nos móveis, nas paredes de casa, no carinho
nas gatas, no abraço da mãe. estou descobrindo uma
saudade de tudo por aqui. estou tentando impregnar
meu olhar sobre cada memória afetiva que eu tenho
tido. não me disseram, nunca, que saudade era esse
sentimento que vai cavando ainda mais fundo dentro
da gente quando percebemos que existirá um espaço,
um vácuo, uma falta de presença. às vezes, em algumas
pessoas, esse sentimento se revela por meio de uma
lágrima que rola quando o primeiro pé sobe as escadas
do ônibus e do outro lado fica alguém que se ama
muito, muito. em outras, a crise de choro acontece
quando já se está no avião, certo de que a ida vai
demorar pra voltar.

atravessam-se oceanos, fronteiras, quarteirões e relacionamentos. a saudade abraça você tarde da noite, quando sua sensibilidade está pronta pra ser pega pelos braços e levada até à pupila dos olhos: você vai chorar muito ainda. chorar a falta, a ausência do toque, a tessitura da voz, a birra da mãe em fazer você comer a comida direito, as vezes em que seus amigos te carregaram no colo porque você bebeu demais pra esquecer mas acabou lembrando ainda mais. tantas coisas viram saudade quando estamos do outro lado. saudade de olhar na mesma direção e apontar pra onde a estrela vai cair. o sol lambendo o céu e a gente tentando adivinhar qual gosto de quando um astro se sente sozinho na esfera do zodíaco. será que pra eles a solidão é a mesma?

278

não me contaram que saudade é isso-que-não-tem-nome, mas incomoda, incomoda. vai afundando a cavidade do peito com trilhões de céus e horizontes. vai apertando nossa memória mais amorosa, fazendo-a murmurar. a saudade é esse sentimento que tem nascido em mim antes mesmo de ir embora. queria deixar um pedaço de mim nos cômodos de casa. nos ombros dos meus pais. nas mãos dos meus amigos.

queria permanecer aqui, tateando o crescimento e a mudança das pessoas, mas preciso mudar também, crescer, tornar-me adulto. e ser adulto dói tanto, dói muito. você precisa sair de casa, levantar os braços, não olhar pra trás, saber que consegue cuidar de si mesmo enquanto todo o mundo explode.

não me disseram dessa saudade desmedida que aflora
na gente quando não sabemos o que virá.
o futuro nos obrigando a chorar pelos cantos,
a realidade da vida caindo sobre nossos ombros e a
gente tendo que dormir antes das dez porque amanhã é
dia de levantar com um sorriso no rosto.

há leões lá fora, minha mãe sempre dizia.
como dizer a ela que sempre tive medo deles, e
agora mais do que nunca?

não me disseram que a saudade nos faz virar a
madrugada e estender o desejo de permanecer. que
permanecer é mais confortável do que ir embora: da
cidade, da vista de todo mundo, de você mesmo.
porque quando você muda de cidade, de afeto, de   279
lembrança, você também muda a si mesmo. seu peito
vai aumentar de volume. suas lágrimas ficarão mais
salgadas. a voz da mãe ficará mais tensa.

tá tudo bem, meu filho?

e você não tem comido direito. não aprendeu a se
proteger das pessoas que entram e saem a todo instante
da sua vida. não aprendeu a se defender das pessoas
que afundam pés, responsabilidades e dores
em cima de você.

como contar ao mundo que você ainda não descobriu
como colocar a mão no rosto pra evitar o soco do amor
e da saudade invadindo cada cavidade do seu rosto,
peito, coração? **há quem grite. eu resolvi escrever.**

este livro terminaria de maneira triste se eu não
tivesse lembrado de algo: estou vivo. mesmo depois
de ter arrancado o peito e tê-lo entregado a alguém
equivocado. ainda que exaustivamente machucado
por tamanha entrega. mesmo que a vida me doa em
dias específicos e de maneira tão profunda. eu resisti.
você também tem resistido. aos traumas, medos e
inseguranças. às vontades de partir pra outro lugar,
virar a pele ao avesso pra sentir menos, tentar se
encolher no recôndito de si próprio pra escapar do
mundo e seu peso muito.

estar aqui significa que a cicatriz ainda pulsa. que
minha boca consegue dizer à sua que estamos
tentando da melhor maneira possível. que há fé pra
tentar alguma coisa nova, quem sabe correr pela
avenida nu e com o peito aberto novamente; que existe
a possibilidade de florir.

você está me entendendo?
existe uma possibilidade infinita lá e aqui. dentro
e fora.

está na hora de abrir o olho e espreguiçá-lo sobre
a esperança de uma vida melhor. pois ela há de vir.
garanto que sim.

a felicidade é uma arma quente

Você não precisa permanecer no passado para entender que é capaz de guardar uma lembrança.

Pode seguir.

Giovanna Freire

vinte e seis

você vai encontrar alguém que goste de você, daquilo
que você é, da sua imagem interna e externa, de tudo   285
que você carrega como bagagem emocional, física
e psíquica. alguém maduro o suficiente pra não te
empurrar pra esses joguinhos afetivos. alguém maduro
o suficiente pra te lembrar que o amor se constrói
juntos, mas que antes disso vem o próprio, que se
constrói a duras penas. alguém que vai rir da maneira
como você toma sorvete. alguém que te levará a todos
os cinemas alternativos da cidade. alguém que fará
de sua própria casa um cinema alternativo pra vocês
dois. alguém disposto a lutar por você. não porque
relacionamentos são batalhas e o amor, uma guerra;
mas porque é bom diminuir o orgulho, pedir perdão e
dizer "fica, por favor, fica". alguém sem melindres, limpo
dessa sujeira que a gente tá construindo: se ele não
vier falar comigo, eu não vou. se ele não demonstrar
nada, eu também não demonstro. alguém livre dessas
convenções sociais tão, mas tão tristes, que no final das

contas tem apartado uns dos outros de estarem bem,
quem sabe felizes, até mesmo unidos.

alguém que vai ouvir toda playlist que você fizer pra ele.
e te pedirá pra fazer outras, porque há gosto e vontade
de ouvir. alguém que, igualmente, crie playlists e te
mande músicas aleatoriamente. porque, quando não há
papo, há pelo menos música. alguém que não goste de ir
e vir toda hora, mas sim vir e estar. porque muita gente
se acostuma à ideia de ir embora como uma desculpa
pra não estreitar laços, estendê-los ou fincá-los.
alguém que goste do seu cabelo pela manhã, da cor das
pálpebras, da largura das costas enquanto você dança
pela rua, do jeito que você fala sobre cinema brasileiro,
da textura da voz cantando Gilberto Gil. alguém que
286   vai te olhar nos olhos e pedir perdão pela dor causada.
alguém honesto o suficiente pra te fazer ficar. alguém
que te lembrará diariamente o quão maravilhoso, forte,
brilhante e inteligente você é. alguém que, sem rodeios,
vai dizer que te ama. alguém que se esqueceu do relógio
social pra se expressar e se expressa assim mesmo.
que vai te carregar no colo por pura espontaneidade.
alguém capaz de enxergar a dor em você e querer cuidar
dela. não como se ele fosse o herói ou o salvador; mas
sim como quem diz: "ei, estou aqui, você não precisa
carregar isso sozinho". um dia você encontrará alguém
que te lembrará o porquê de você ter estado sozinho por
tanto tempo. e você vai agradecer por ter estado sozinho
por tanto tempo. alguém que vai te fazer agradecer
todos os dias: a companhia, o tato, a simplicidade, a
ternura e o afeto. alguém que vai saber dos centímetros
dos seus pés, da espessura da sua solidão em dias mais

ocos, da profundidade das cicatrizes que você carregou
por tanto tempo sem esperar que um dia alguém te
ajudasse na cura. não que esse alguém vá te ajudar a
superar tudo e todos; é só que esse alguém está disposto.
e estar disposto, a essa altura da vida, diz muita coisa.
diz que o peito ainda inflama por pequenezas. que ainda
existe o desejo de amar, porque amar ainda é o que de
mais revolucionário pode acontecer no mundo. diz que,
embora o caminho da entrega seja tortuoso, lá na frente
valerá. aliás, não só lá na frente. aqui, agora, também.

você vai encontrar alguém que assista a todas as suas
séries desconhecidas. e ele vai gostar delas. alguém que
não vai reparar no seu nariz maior do que a média, nem
vai se importar se seu corpo é um espaço pra caminhos
um tanto quanto indesejados. alguém que te levará a
festas, mas que também fará carnavais particulares e bem
mais barulhentos dentro de você. alguém capaz de retirar
o peso do mundo dos seus ombros e que não humilhará a
sua essência mais densa e cheia de farpas. pelo contrário:
erguerá um altar pra sua sensibilidade ter onde dormir.
alguém que te entregue uma adrenalina no peito e que a
tome de você no instante exato em que descobrirem o
centro do universo um do outro. será você voando pelo
céu de um amor bom.

287

alguém capaz de te fazer transbordar na mesma medida
em que te fará perceber que você, por si mesmo, é apto
a ser feliz e completo. que não vai expropriar aquilo
que você é, mas sim acrescentar pele, osso e músculo.
alguém que vai entregar o coração a fim de que você
receba oxigênio, quem sabe amor, até vida. e que não vai

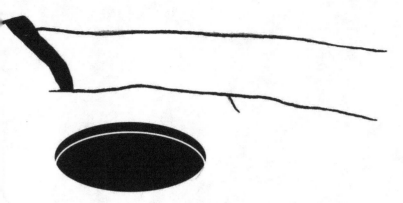

ser leviano, afinal, ao perceber que mesmo assim pode acabar. alguém que saberá a hora exata de partir e não fará desse fato uma tentativa de te partir. alguém que pode aparecer amanhã, daqui a dez anos ou mais. ou que pode não vir,

porque talvez ele seja você.

vinte e sete

amo as pessoas que se entregam
que doem e falam que estão doloridas
as que têm fome não só de boca, como também da parte
do dia
do caminho percorrido
da vontade de permanecer

as que perguntam se a ferida já cicatrizou
porque senão
elas ajudam na cicatrização
as que querem saber quantas marcas tem o peito
e por que
e os que se dispõem a ser como chuva
após um grande período de estiagem

os que, mesmo com medo, arregaçam o peito no asfalto
pra sentir mais e tanto
que seriam capazes de explodir
os que, implodindo, conseguem esticar a própria pele

pra cobrir outra pessoa
pra ajudá-la a não morrer na secura que
às vezes é a vida

os que não temem o sentimento
mas pegam-no pelo pescoço
conversam e fazem terapia
a fim de domá-lo
abraçá-lo e senti-lo

ora suavemente
ora com a força de todos os deuses existentes

os que correm contra o tempo
só pelo prazer de sentir a adrenalina pulsando na pele

os que se permitem tocar de maneira tão profunda
que a marca no corpo é como uma grande depressão
geográfica:
quanto mais pesquisarem
procurarem e quiserem conhecer
mais densa a pele
a existência
e o viver ficam

há pessoas que amo porque mesmo quando param de
crescer
continuam crescendo

pra dentro.

vinte e oito

um silêncio pinga no céu da boca
e anuncia:

todas as palavras não ditas
que entalaram entre a pele e o peito
servirão de adubo pra que você floresça.

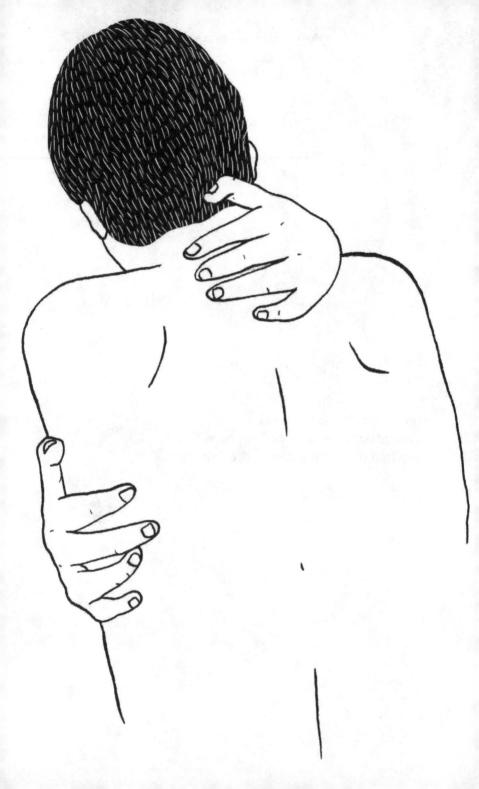

vinte e nove

quero que se lembre: um dia, você abrigará tanto amor
dentro de si que será capaz de calar todos os poros   297
infectados pelos traumas que deslizam pelo seu corpo.

trinta

ontem acordei com uma coceira no peito.
era o amor me dizendo que podemos começar
tudo de novo.

299

chegamos todos aqui, inteiros ou não. sentindo muito
pouco ou até demais. com o coração estraçalhado, por
vezes ferido, até mesmo curado. mas chegamos.
isso quer dizer que teremos muito ainda pela frente.
mais vitórias, derrotas, soluços no meio da noite, alegrias
violentas pela manhã, fins e términos, perdão a ser
recebido, quem sabe entregue e amor.
o livro e a vida são sobre amor. que dá certo até certo
ponto. que falha em alguns níveis. que acontece e deixa
de existir em sua plena forma. chegamos todos aqui e
estamos todos no mesmo barco do sentir. quando você
decidiu abrir este livro, lê-lo e apreciar a sensação do
toque, você acordou que está tudo bem se o sentimento
for tão profundo que lhe arrasta pro mais dentro de si;
que está tudo bem se a lágrima dança no seu rosto uma
música que só você conhece; que, sim, está tudo dentro
dos conformes se o peito entra em erupção pelo que há
de mais simples na existência humana: viver. e você está
vivendo. obrigado por se permitir entrar em uma camada
mais densa da vida. e por me permitir ir com você.

Igor Pires | escritor |
IG: @heyiagu

Quando a TCD despontou na minha mente, não poderia supor que chegaríamos a esse nível de compreensão coletiva. Explico: sentir, que me parecia tão íntimo, passou a ser um estado de graça. Hoje enxergo meus sentimentos como parte integrante de mim, um órgão vital que me impulsiona a existir e resistir. E ver tantas pessoas re-existindo é o que traz ainda mais vida às páginas deste projeto.

Gabriela Barreira | designer |
IG: @gabsbarreira

Quando me deparei com a TCD, me senti em um não-lugar. Ficava me perguntando: "como estou aqui se eu nem escrevo?". Eu era uma designer mergulhando num mundo de textos que precisavam de mim (e hoje, eu preciso deles). Agora, os textos viraram imagens, vídeos e mais projetos, que atingem pessoas dispostas a mergulhar neles como, um dia, eu fiz.

www.textoscrueisdemais.com
facebook.com/textoscrueisdemais
instagram.com/textoscrueisdemais
textoscrueisdemais.tumblr.com
twitter.com/textoscrueis

CPSIA information can be obtained
at www.ICGtesting.com
Printed in the USA
LVHW090342201020
669247LV00005B/15